위대한 치유자, 나무의 일생

위대한 치유자, 나무의 일생

강판권 지음

나무는 어떻게 상처를 다스릴까

두앤북

'수연'을 아시나요?

삶은 만남과 이별로 이루어진다. 누구를 만나고 어떻게 헤어지느냐에 따라 삶의 방향과 내용이 좌우된다. 그래서 사람들은 인생에서 가장 중요한 것이 인연이라고 말한다.

인연은 환경이나 시대에 따라 달라진다. 환경과 시대에 맞는 인연이 따로 있다. 어렵고 가난했던 시절에는 모든 것이 공동체 위주로 돌아갔고, 혈연, 지연, 학연이 중시되었다. 이 삼연(三緣)은 우리 사회를 지탱하는 중심축이었고, 집단은 물론 개인의 삶에 결정적인 영향을 미쳤다. 하지만 지금은 시대가 완전히 바뀌었다. 인공지능(AI), 사물인터넷(IoT), 로봇, 드론, 자율주행차, 가상현실(VR) 등이 주도하는 이른바 4차 산업혁명의 시대가 본격 도래했다. 그렇다면 이 시대에 우리에게 필요한 인연은 무엇일까?

나는 사람들에게 나무와의 인연, 즉 '수연(樹緣)'을 강조한다. 지금 우리에게 절실한 인연이 수연이라고 생각하기 때문이다. 수연은 기존의 삼연과는 차원이 다른 만남이요 인연이다. 삼연이 수직적 관계라면 수연은 수평적 관계다. 그것은 나무와의 단순한 만남을 뜻하지 않는다. 인간으로서의 존재 의미와 가치를 확인하는 과정이다. 인간은 지구상에 살기 시작하면서 지금까지 이러한 나무와의 만남을 통해 각자의 얼굴을 만들고, 소중한 생명과 인생을 노래할 수 있었다. 그래서 나무와의 만남은 곧 자신을 확인하고 회복하는 시간이었다. 오늘날은 어떤가? 우리의 나무들이 여러 가지 이유로 점점 사라져가고 있고, 그에 따라 현대인의 삶도 위태로운 상태에 놓여 있다. 아무리 4차 산업혁명과 같은 기술문명이 발달한다 해도 인간은 나무 없이는 한순간도 살 수 없는 존재다. 시대가 어떻게 바뀌든 나무는 우리 삶의 근본이기 때문이다.

나는 20여 년 이상 나무와의 인연을 지속해왔다. 계기는 젊은 날의 상처였다. 막막한 현실 앞에서 자포자기 상태에 빠져 있던 젊은이가 나무를 만나 마음의 평화를 찾고 삶의 의지를 다시 갖게 되었다. 그 후로 나무를 찾는 날이 많아졌고, 나무를 공부하고, 나무에 관한 책까지 여러 권 썼다. 나무에 빠진 나를 보고 '나무인간'으로 부르는 사람들도 있다. 나무가 아니었다면 오늘의 나는 존재하지 못했을 것이다.

오랜 기간 나무들을 만나오면서 늘 담아내고 싶은 것이 있었다. 나무들을 볼 때마다 내내 눈길이 머물렀던 '상처'에 관한 이야기를 언젠가는 꼭 책으로 쓰고 싶었다. 나는 말도 못하고 움직이지도 못하는 나무들이 안고 있는 상처를 들여다보면서 어떻게 그런 상처가 생겼으며 고통을 이겨낼 수 있었는지, 그들이 자신의 삶을 지키기 위해 택한 방법은 무엇인지 궁금했다. 그래서 그들을 하나하나 관찰하면서 변화를 기록했다. 직접 나무가 되어 고통의 순간을 상상해보기도 하고, 나무가 들려주는 이야기에 귀를 기울이기도 했다. 그와 함께 나의 상처를 돌아보고 세상의 아픔을 생각하기도 했다. 그런 면에서 이 책은 나무의 상처 이야기일 뿐 아니라 나의 상처와 우리네 이야기이기도 하다.

이 책에는 총 31그루의 나무가 등장한다. 내가 만나온 나무들 중에서도 특별한 관심과 애정으로 지켜보고 소통한 '친구들'이다. 가까이 있는 친구도 있고 멀리 떨어져 사는 친구도 있지만, 나는 그들의 이야기를 들으며 안타깝고, 화가 나고, 행복했다.

이 세상에 상처 없는 존재는 없다. 삶이 만남과 이별로 이루어지는 것처럼 상처 또한 누구에게나 생기고, 저마다 치유하는 노력을 이어간다. 죽을 때까지 사라지지 않는 상처도 있다. 내게도 그런 상처가 있다. 하지만 그

오랜 상처가 나를 힘들게 하는 일은 없을 것이다. 나무와의 오랜 인연을 통해 상처를 다스리는 법을 깨닫고, 상처를 살아가는 힘으로 활용하는 지혜를 얻었기 때문이다.

책을 쓰면서 소망이 생겼다. 이 책을 읽는 사람이 한 달에 한 번만이라도 한 그루의 나무를 만나 대화를 나누고 상처를 살피며 공감하는 기회를 가졌으면 좋겠다. 나무의 상처는 곧 나의 상처이고, 나의 상처는 곧 사회의 상처라는 인식을 가졌으면 하는 바람이다. 그러면 나무와 더불어 상처를 딛고 일어나 보다 조화롭고 행복하게 살아갈 수 있을 것이다.

쥐의 해에

쥐똥나무

차례

그루 01

왕벚나무

- 고향: 한국
- 부모: 장미
- 학명: *Prunus yedoensis* Matsum.
- 소속: 갈잎큰키나무
- 나이: 90살
- 사는 곳: 대구시 중구 남산로 4길 112, 천주교 대구대교구청

나는 사쿠라가 아니에요

모름지기 세상의 진실은 밝히기도 어렵거니와 알아주는 사람도 드물다. 설사 밝힌다 해도 이미 많은 시간이 지나가버려 그동안의 상처가 아물지 않고 곪아 있는 경우가 많다. 그럴 때 상처를 치유하는 방법이 있다. '나와의 소통'이다.

나는 한국 사람들이 아주 좋아하는 나무들 중 하나다. 그런데 내 고향이 일본이라고 알고 있는 사람이 많다. 식물학자들이나 나무에 관심 있는 사람들의 노력에도 잘못된 인식은 좀처럼 바뀌지 않는다. 일본 사람들은 나를 사쿠라로 부른다. 사쿠라는 본래 앵(櫻)이고, 장미과의 갈잎떨기나무인 앵두를 가리킨다.

내가 일본이 아닌 한국이 원산이라는 사실은 20세기 전만 해도 세상에 알려지지 않았다. 그것을 알려준 사람은 파리외방선교회 소속의 프랑스 신부인 에밀 타케(Emile Joseph Taquet, 1873~1952)다. 한국 이름은 임택기이며, 내가 이곳에 살게 된 것은 모두 그분 덕이다.

제주도에 살고 있는 나의 부모는 1908년 타케 신부를 처음 만났다. 1898년 24살의 나이로 제주도에 파견된 신부는 1915년까지 사목활동을 하는 동안 7,047점에 달하는 식물을 채집했다. 그는 제주도 한라산 북측의 아라동 관음사 뒷산의 해발 600m 자락에 살던 나의 부모를 발견하고는 흥분을 감추지 못했다. 어디서도 보지 못한 나무였기 때문이다. 그러나 집으로 가지고 간 후로는 사목활동에 전념하느라 한동안 방치해두었다가 1912년 자신이 채집한 것을 독일 베를린대학의 쾨네 박사에게 보내 감정을 받았다. 그 결과, 재평가를 받은 부모는 완전히 새로운 삶을 살게 되었다. 한국이 원산지라는 사실이 전 세계에 알려졌기 때문이다. 현재 나의 부모는 제주기념물 제51호로 지정되어 있다.

내가 이곳에 뿌리내린 것은 타케 신부가 제주도를 떠나 1922년부터 1952년 선종할 때까지 대구에서 활동했을 때였다. 그는 자신이 처음으로 발견한 나무를 잊지 못해 현재의 자리에 나를 심었고, 가까운 곳에 위치한 성유스티노신학교 교수로 재직하면서 무척이나 아껴주었다.

나는 신부가 선종하신 뒤에도 많은 사람의 사랑을 받았다. 그중에서도 정홍규 신부를 잊을 수 없다. 그는 《에밀 타케의 선물– 왕벚나무에서 생명의 숲을 찾다》와 《왕벚나무와 조선의 식물학자 타케 신부》를 써서 나와

성유스티노신학교

나의 부모를 세상에 소개했고, 경상북도 청도에 '에밀타케식물연구소'를 만들어 신부의 업적과 나의 존재 가치를 널리 알렸다.

나는 나를 사랑해준 사람들의 은혜에 조금이나마 보답하기 위해 매일 최선을 다해 살고 있다. 타케 신부의 사랑을 잊지 않으려고 신부가 거처했던 안익사(安益舍)를 매일같이 바라보다가 몸이 완전히 그쪽으로 기울게 되었고, 줄기 한쪽이 썩기까지 했다. 그래도 나는 신부를 향한 고마움과 그리움을 접을 수 없다. 썩은 줄기가 나의 수명을 점점 줄어들게 하지만 수명을 유지하기 위해 안간힘을 쓰고, 썩어가는 줄기 주변에 새로운 가지도

내가 일본이 아닌 한국이 원산이라는 사실을 알려준 사람은 프랑스 신부인 에밀 타케다.

뻗었다. 싱싱하고 매끄러운 피부를 자랑하는 가지는 기운 몸의 반대 방향으로 뻗어 균형을 유지해준다.

장미과에 속하는 나는 5장의 꽃잎을 지니고 있다. 잎보다 먼저 피기 때문에 더 선명하고 화려한 모습을 띤다. 친구인 벚나무나 산벚나무의 꽃보다 풍성하여 이름에 '왕'자가 붙었다. 가지 끝자락에 꽃송이 7~8개 정도가 한 묶음으로 피어 있고, 긴 꽃자루는 풍성한 꽃다발처럼 보인다. 그래서 종종 수난을 당하기도 한다. 사람들이 꺾어 귀밑머리에 꽂고 사진을 찍기도 하고, 연인에게 선물로 주며 너스레를 떨기도 한다. 안타까운 점은 얼마 지나지 않아 버린다는 것이다. 땅에 떨어진 꽃송이는 길을 지나는 사람들의 발에 밟혀 만신창이가 되지만, 그들 중 어느 누구도 나를 살피지 않는다. 나는 꽃을 만드는 데 1년이 걸렸건만, 그들은 불과 10분이 안 되어 나를 저버린다.

나는 간혹 줄기에도 꽃을 피운다. 가지에 핀 꽃보다 송이가 적어 풍성한 느낌은 없지만 앙증맞은 모습이 사랑스럽다. 특히 수줍어 보이는 꽃봉오리에 이슬이라도 맺히면 감탄이 절로 나온다. 5장의 꽃잎마다 달린 붉은 꽃받침도 넋을 잃게 만든다. 마치 꽃잎을 받쳐주느라 힘에 겨운 나머지 붉어진 것 같은 느낌이 살짝 애처롭기까지 하다. 그 덕분에 꽃잎이 떨어지지 않고, 벌들은 수정할 시간을 번다.

벌들의 수정이 끝나면 꽃잎은 바람에 날려 떨어진다. 그 모습 역시 황홀할 정도로 아름답다. 피는 모습처럼, 지는 모습을 좋아하는 사람도 많다. 하지만 꽃잎이 다 떨어지고 나면 나는 사람들에게 잊힌 존재가 된다. 북적

북적하던 발길이 뚝 끊어지면 적막감마저 흐르고, 명절 때 자식들이 찾아와 행복한 소란을 피우다가 돌아간 뒤의 부모처럼 내 마음도 허전함을 금치 못한다. 그렇게 나의 화려한 날들은 막을 내린다.

나는 '나와의 소통'을 즐긴다. 나 자신과의 대화를 통해 지워지지 않은 상처를 치유한다. 세상이 알아주지 않는 진실과 은혜로운 사람들을 기억하고, 내가 어떤 존재인가를 생각하고, 그 모든 것의 뒤에 남는 내 마음을 표현한다. 그러다 보면 어느새 편안하고 자유로운 나를 느낀다.

지금은 그 나무들이 보고 싶다. 제주도 제주시 봉개동의 천연기념물 제159호 왕벚나무와 전남 해남군 산삼면 구림리의 대둔산 천연기념물 제173호 왕벚나무의 안부가 궁금하다. 그곳은 왕벚나무들의 자생지이기도 하다. 두 왕벚나무는 나의 부모가 대한민국에서 자생한다는 사실이 알려지고 나서 천연기념물로 지정되었다. 타케 신부가 나의 부모를 발견한 다음 정부에서 자생지를 찾아 나선 결과다. 움직일 수만 있다면 당장이라도 달려가 그곳에서 왕벚나무들이 살아가는 모습을 볼 텐데 못내 아쉽다.

또 하나의 바람은 자생지의 나무에 대해 사람들이 보다 많은 관심을 가져주었으면 하는 것이다. 식물의 자생지는 종의 다양성이라는 측면에서 매우 중요한 가치를 지닌다. 연구와 지원을 강화하여 식물과 인간이 공존하는 가운데 평화를 누릴 수 있게 하면 좋겠다.

매화나무

• 고향: 중국 • 부모: 장미 • 학명: *Prunus mume* (Siebold) Siebold & Zucc.
• 소속: 갈잎떨기나무 • 나이: 650살 • 명예: 경상남도 보호수 260호
• 사는 곳: 경남 산청군 단성면 운리 302

왜 사냐고 물으면…

나는 살 만큼 살았다. 그럼에도 추운 날씨에 꽃을 피우는 게 스스로도 신기하고 대견하다. 이제는 모든 것을 내려놓고 쉬고 싶지만, 눈을 뜨면 보이는 단속사지 동편의 3층 석탑(보물 제72호)과 서편의 3층 석탑(보물 제73호)이 정말 아름다워 삶의 미련을 갖는다.

매화를 좋아하는 사람은 셀 수 없이 많지만 중국 송나라의 시인 임포는 그중에서도 단연 으뜸이다. 얼마나 좋아했으면 매화를 아내로 삼기까지 했을까? 매화를 향한 사랑과 예찬이 송나라 때 유별났던 것은 사대부들의 도학 정신과 매화의 자태에 담긴 의미가 통했기 때문이다. 중국 최초의 매화 족보라고 할 수 있는 《매보(梅譜)》(범성대, 范成大)가 이 시기에 나온 배경이다. 이어서 명나라 때에는 최고의 영광을 안았다. 난초, 국화, 대나무와 함께 사군자(四君子)에 뽑힌 것이다.

요즘 사람들은 꽃만 좋아해서 겹꽃 매화를 즐겨 심지만, 사람들이 여전히 나를 좋아하는 이유가 있다. 5장의 하얀 꽃잎으로, 내가 봐도 신비할 정도의 아름다움이 느껴진다. 몸이 쇠약해져 살날이 얼마 남지 않은 내가 이렇게 꽃을 피울 수 있는 것은 죽은 세 갈래의 원줄기 중 하나에서 나온 새 가지 덕분이다. 생명의 은혜에 감사할 따름이다.

내 몸은 이미 죽은 상태나 다름없다. 그런데도 죽지 않고 살아 있는 것은 나를 이곳에 살도록 해준 선비의 은혜에 보답하기 위해서다. 그 선비가 아니었다면 나는 이 땅에서 가장 나이 많은 매화로 남아 있지 못했을 것이다.

어떤 생명체든 최고령의 존재가 된다는 것은 어려운 일이다. 더욱이 나와 같은 종족은 평균 수명이 100년을 넘지 않는다. 그러니 내가 600년 넘게 살아 있는 것은 거의 기적 같은 축복에 가깝다. 이 같은 축복은 나를 이곳에 처음 심은 선비와 그의 후손, 그리고 단속사의 스님과 마을 사람들이 부여한 것이다. 그래서 쉽게 죽을 수가 없다. 많은 사람들의 은혜를 입었으니 조금이라도 갚아야 후회를 덜할 것 같아서다.

나는 고려 말과 조선시대를 거쳐 오늘의 대한민국까지 살아남은 참으로 복이 많은 나무다. 산청 출신의 강회백이라는 선비가 단속사에서 공부하던 시절에 나를 심었다. 나는 그가 어떤 마음으로 이곳에 심었는지 잘 모르지만, 나를 심어놓고 어느 날 바람처럼 떠나버린 것은 정확히 기억한다.

내 몸은 이미 죽은 상태나 다름없지만

죽지 않고 살아 있는 것은 나를 이곳에 살도록 해준

선비의 은혜에 보답하기 위해서다.

그가 떠나고 나서 나를 돌봐준 이는 신라시대에 창건된 단속사의 스님들이었다. 스님들은 아침저녁으로 예불을 드리기 전에 찾아와 내가 잘 있는지 살피고 또 살폈다. 그들의 정성 어린 도움으로 나는 큰 어려움 없이 유년 시절을 보낼 수 있었다.

내가 세상에 널리 알려진 계기는 강회백의 손자인 강희안(姜希顔, 1418~1465)이 지은 조선시대 최초의 원예서인 《양화소록(養花小錄)》에서 할아버지가 심은 매화나무를 소개하면서부터다. 그때부터 많은 사람이 내게 관심을 보이기 시작했고, 지금까지 산골에 살고 있는 나를 찾아오는 발길이 끊이지 않는다. 그의 후손들도 내게는 평생의 은인이다. 강회백의 후

매실

손들은 1915년 내가 살고 있는 바로 앞에 정당매각(政堂梅閣)을 지었고, 그 후 나는 정당매라는 이름으로 불렸다. 여기에는 연유가 있다. 그들의 선조인 강회백이 고려시대에 정당문학(政堂文學)이라는 벼슬을 지냈기 때문이다. 국가 행정을 총괄하는 관직이다.

내 삶에 영광만 있었던 건 아니다. 견디기 힘든 시기도 있었다. 특히 나를 지극정성으로 보살펴주던 스님들이 떠났을 때가 제일 힘들었다. 불교 국가인 고려가 망하고 유교 국가인 조선이 들어서면서 성리학자들이 단속사를 훼손하고, 급기야 선조가 즉위하고 나서 임진왜란에 이은 정유재란으로 절이 불태워지면서 신라 경덕왕 때부터 머물렀던 스님들이 자취를 감추고 탑만 덩그러니 남았다. 이후로 나를 찾아오는 사람도 거의 없고 법당을 밝히던 불빛도 꺼져 캄캄한 밤이 연속되었다. 낮은 외롭고 밤은 무서웠다.

어느덧 세월이 흘러 나를 보러 오는 사람들이 많아졌다. 매년 3월 말 즈음 내가 피우는 꽃을 찾는 사람들이다. 화려한 꽃은 아니지만 대한민국에서 가장 나이가 많은 매화나무가 피워 올리는 꽃이 마냥 신기하고, 그들에게 어떤 희망을 주는 것 같다.

나는 찾아오는 사람들을 보는 게 행복하다. 즐거워하는 그들의 모습에서 보람을 느낀다. 때로 실망하는 이들도 있다. 소문을 듣고 멀리서 달려와 보니 내 몸이 너무 쇠약해 마음에 들지 않는 것이다. 그 마음을 이해하지만, 그들에게 말해주고 싶다. 겉모습만 보지 말고 내 몸에 깃든 세월의 깊이를 느껴보라고.

500살의 나이에도 기품 있는 꽃을 피우는 남명매

내가 살아오는 동안 만난 사람들 중에서 잊을 수 없는 사람이 있다. 성리학자인 영남학파의 거두 남명(南冥) 조식(曺植, 1501~1572) 선생이다. 매화나무를 무척이나 사랑한 그는 내가 사는 곳에서 멀지 않은 산천재(山天齋)에 기거하면서 틈이 날 때마다 나를 찾아왔고, 산천재 앞에도 매화나무를 심었다. 사람들은 그 나무를 남명매(南冥梅)라고 부른다. 500살의 나이에도 여전히 기품 있는 꽃을 피운다.

또 한 사람은 고려 후기의 문신 원정(元正) 하즙(河楫, 1303~1380)이다. 그는 인근의 남사리에 살면서 나를 보러 오곤 했다. 그 역시 매화나무를 심고 가꾸었다. 후손들이 그의 호를 따서 원정매(元正梅)라 이름 지었다. 나보

원목은 죽고 후계목이 남은 원정매

다 조금 어린 600살로, 현재는 원목은 죽고 후계목이 살고 있다.

산청 사람들은 정당매인 나와 남명매, 그리고 원정매를 일러 '산청삼매(山淸三梅)'라고 부른다. 현재 산청은 대한민국 최고의 매화나무 명소다.

나는 비록 늙었지만 외롭지 않다. 오랜 세월 이웃으로 지내온 매화나무가 있고, 사람들도 끊임없이 산청삼매를 찾아준다. 무엇보다 그들이 들려주는 이야기가 좋다. 내가 해줄 수 있는 말은 없지만, 잘 들어주는 것만으로도 그들은 충분히 좋아하는 것 같다. 그들은 내게 모든 것을 털어놓은 뒤 한동안 나를 물끄러미 바라보다가 홀연히 떠난다. 나는 돌아가는 그들의 가벼운 발걸음을 지켜보며 삶의 의미를 되새긴다.

산수유

• 고향: 중국 • 부모: 층층나무 • 학명: *Cornus officinalis* Siebold & Zucc.
• 소속: 갈잎중간키나무 • 나이: 1,000살
• 사는 곳: 전남 구례군 산동면 계척길 62-4 계척마을

1,000년을 살고 보니

불신은 불행으로 이어진다. 주는 쪽이나 받는 쪽이나 이로울 게 없다. 불신의 특징은 그 뿌리가 아주 깊고 단단하다는 점이다. 불신은 결코 하루아침에 생기는 게 아니다.

나는 많은 이들에게 의심을 받고 있다. 가장 큰 이유는 나이 때문이다. 이곳 사람들은 내 나이를 1,000살이라고 알고 있는데 다른 사람들은 거의 믿지 않는다. 그중에서도 대표적인 부류는 나무를 연구한다는 사람들이다. 그들은 여러 가지 과학적 근거를 제시하며 내 나이를 1,000살로 인정하지 않는 이유를 설명한다. 나는 그들의 주장에 속이 상하기보다 안타까운 마음이 든다. 한 생명의 존재 가치를 물리적 계산으로만 평가하는 사람들은 도대체 어떤 마음을 가지고 있을까? 나무를 연구한다면서 진정 나무를 사랑하기는 하는 걸까?

나를 물질적 가치로만 재는 것은 한쪽 눈으로만 세상을 보는 것과 같다. 나는 그들에게 그리스신화를 비롯한 세계 여러 나라의 신화에 등장하는 수많은 나무들에 대해 어떻게 생각하는지 묻고 싶다. 나무에 얽힌 신화가 많다는 것은 그만큼 인간이 나무와 떼려야 뗄 수 없는 관계를 맺고 살아왔다는 증거 아닌가.

인간은 나무에게 무수한 혜택을 받았고 지금도 그렇다. 나무 없이는 살 수 없는 존재가 인간이다. 나무에 대한 고마움을 잊지 않고, 나무를 자신처럼 소중히 여기며 살아야 한다.

신화만이 아니라 역사적인 사건들에도 전설적인 인물과 나무가 등장한다. 사람들은 그들에게 상징적인 의미를 부여하고 눈에 보이는 것 이상의 가치를 인정하며 존중했다. 동네 사람들이 나를 대하는 태도에도 그와 같은 생각과 자부심이 담겨 있다.

나는 동족 중에서 나이가 제일 많다. 동네 사람들은 그런 나를 '산수유 시목(始木)', 즉, 대한민국의 시조나무로 부르며 큰 자부심을 나타낸다.

내가 중국 산동에서 이곳으로 온 것은 어느 한국인이 나의 고향에 사신으로 갔다가 처녀를 데리고 와서 아들과 결혼을 시켰기 때문이다. 딸을 갑작스레 먼 이국땅으로 시집보내야 했던 엄마는 산수유 씨앗을 딸의 주머니에 넣어주며 말했다.

"내 딸아, 그곳에 가면 내가 준 씨앗을 동네 어귀에 심고 정성껏 가꾸어라. 그 나무가 자라 열매가 열리면 큰 어려움 없이 살아갈 수 있을 거야."

씨앗을 받은 딸은 엄마가 시키는 대로 시댁의 마을 어귀에 씨앗을 심고 정성을 다해 키웠다.

고향에 있을 때 딸은 가을이면 엄마와 함께 붉은 열매를 땄다. 부모님은 열매를 소중히 여겼다. 열매를 팔아 가족의 생계를 꾸렸던 것이다. 딸은 열매도 좋았지만 꽃도 무척 좋아했다. 해마다 꽃이 피면 동무들과 함께 한 송이를 정해서 꽃을 세고 꽃이 더 많은 사람이 이기는 놀이를 즐겼다. 놀이에는 반드시 지켜야 할 규칙이 있었다. 꽃을 따서 세면 안 된다는 것이었다. 보통 한 송이에 20~30개씩 달리는 꽃은 집중하지 않으면 정확히 셀 수가 없다. 꽃을 세고 나면 정해진 장소에서 기다리고 있다가 다 모이면 서로 개수를 말하고, 그 말이 맞는지 확인하기 위해 상대방의 꽃을 센다.

딸은 이국땅에 살면서 어린 시절의 꽃놀이 생각에 눈물이 났다. 그리운 그때의 고향으로 다시는 돌아갈 수 없을 것 같았다.

시댁과 동네 사람들은 중국 산동에서 가져온 씨앗이 나무로 자라 꽃이 피고 열매가 열리자 아주 신기해했다. 난생 처음 보는 것이었기 때문이다. 그리고 하나둘씩 산수유를 심기 시작했다. 산수유 열매가 살림살이에 도움이 된다는 사실을 알게 된 것이다. 이제는 이웃 마을에서도 씨앗을 구해 너도나도 심기 시작했고, 그렇게 불어난 나무가 지금은 11만 7,000여 그루에 달한다. 산수유의 고장으로 전국에 알려지면서 꽃이 만발한 봄에는 성대한 축제까지 열린다. 이곳 사람들은 나에 대한 고마움과 존중의 마음으로 고장 이름도 내가 태어난 중국 산동과 똑같이 사용하고 있다.

내게는 한 가지 비밀이 있다. 자세히 살펴보면 알 수 있지만 대충 보면 알 수 없는 비밀이다. 그것은 내가 한 그루가 아닌 5그루였다는 사실이다. 나는 밑동에서 곧장 올라온 5개의 줄기가 마치 팔을 벌리고 있는 것처럼 보인다. 이 같은 모습은 시집온 딸이 씨앗을 하나만 심지 않고 여러 개를 같이 심은 결과다. 딸은 혹여 씨앗이 싹을 틔우지 못하면 어쩌나, 나무에서 열매를 얻지 못하면 어쩌나 걱정되어 한꺼번에 여러 개를 심었다. 다행히 그중에서 5개가 싹을 틔웠고, 한 구덩이에 있다 보니 서로 살아남으려고 치열한 경쟁을 벌였다. 5그루는 그렇게 생존 경쟁을 펼치다가 다 같이 살아남는 방법을 찾았고, 뿌리는 함께하면서 줄기만 각자 뻗기로 합의했다. 힘을 모으지 않으면 모두가 죽는다는 것을 터득한 것이다.

나는 한 곳에서 오래 살았다. 사람들에 의해 이리저리 옮겨 다니는 나무들의 고통을 겪지 않은 셈이다. 하지만 나이와 함께 찾아오는 몸의 변화는 어쩔 수가 없다. 껍질이 벗겨져 하얗게 변색되고, 밑동도 썩어 들어가 언제 쓰러질지 모르는 상태다. 서글프지만 자연의 이치를 거스를 수는 없는 일이다. 썩은 부위에 물이 찰까 봐 사람들이 외과수술을 해주었지만, 그냥 놔두었으면 좋겠다. 수술이 오히려 나를 더 아프게 한다. 노쇠한 몸을 거칠게 다루고 썩은 부위를 아무렇지 않게 잘라내는 그들이 내게는 아무런 감정이 없는 의사처럼 무섭고 두려운 대상이다.

산수유 축제를 즐기려고 멀리서 오는 사람들도 유감이다. 상춘객들로 산동 마을 전체가 떠들썩하지만 나를 찾아오는 사람도, 알려고 하는 사람

나는 5개의 줄기가 마치 팔을 벌리고 있는 것처럼 보인다.

이 같은 모습은 씨앗을 하나만 심지 않고 여러 개를 같이 심은 결과다.

도 별로 없다. 찾아와서도 지나가듯 보기만 할 뿐 유심히 살펴보지 않는다. 사람들은 내가 꽃이 지고 나서 잎을 만드는 것조차 모르는 경우가 많다. 당연히 나의 부모인 층층나무에 대해서도 알지 못한다. 나의 잎은 층층나무를 닮았다. 생김새는 비슷하지만, 부모의 잎은 어긋나고 나는 마주난다. 나의 형제인 말채나무도 나와 잎이 비슷하고 마주난다. 다른 점은 말채나무의 꽃과 열매는 부모를 닮았지만 나는 닮지 않았다는 것이다.

1,000년을 살았지만 사람들은 아직도 나에 대해 모르는 부분이 많다. 여전히 나이를 문제 삼는 이들도 있고, 내가 느끼는 고통에 무지한 이들도 있다. 내가 중국 산동에서 왔다는 사실도, 부모와 형제가 누구인지도 잘 모르는 이들이 대부분이다. 하지만 개의치 않는다. 그저 나를 정성껏 살펴주는 사람들에게 감사하는 마음으로 작은 즐거움을 선사하며 조용히 여생을 보내려 한다.

고로쇠나무

• 고향: 한국 • 부모: 단풍 • 학명: *Acer pictum subsp. mono* (Maxim.) Ohashi
• 소속: 갈잎큰키나무 • 나이: 70살 • 사는 곳: 경남 합천군 가야면 해인사길 122 해인사 입구

봄이 오면
가슴이 조마조마해요

모든 생명체는 저마다의 능력을 갖고 태어난다. 그러나 죽을 때까지 그 능력을 다 발휘하지 못하는 경우가 많다. 자신에 대해 잘 모르기 때문이다. 제대로 된 삶을 살려면 먼저 자신의 능력을 알고 있어야 한다.

나는 물을 많이 저장할 수 있는 능력 외에도 많은 장점을 가지고 있다. 우선 잎이 아름답다. 5~7개 정도로 갈라지는 잎은 사람의 손가락과 흡사하다. 손가락의 크기가 다르듯이 내 잎도 조금씩 다르다. 푸른 잎이 노랗게 물들면 비단처럼 아름다운 색채를 띤다. 노란 잎에 얼굴을 대면 부드러운 감촉에 전율이 느껴지고, 노랗게 물든 잎에 햇살이라도 비치면 묘한 감동이 가슴에서 일어난다.

나는 잎이 돋은 후 노란색의 꽃을 피운다. 꽃송이는 복주머니를 닮았고,

여러 개의 꽃송이가 함께 모여 있는 모습은 유채꽃 같다. 하지만 나무를 어지간히 사랑하는 사람들도 나의 꽃은 잘 모른다. 단풍나무처럼 물든 잎만 생각하기 때문이다.

꽃을 모르는 사람이 열매에 관심을 가질 리 없다. 프로펠러처럼 생긴 나의 열매는 같은 크기의 양 날개를 갖고 있다. 열매가 바람에 잘 날아갈 수 있도록 하기 위해서다. 아울러 가장자리도 아주 얇게 만들었다. 열매가 익으면 그 속에 작은 씨앗이 만들어진다.

나는 지금 몸이 좋지 않지만 자식들이 잘 날아가 독립된 생명체로 무사히 태어나길 바라는 마음으로 살고 있다. 열매들 중에서 절반도 살아남지 못한다는 것을 알기에 더욱 간절히 기도한다.

살면서 가장 가슴 아픈 것은 사람들이 건강을 위해 내 안의 물을 빼먹는 것이다. 나의 존재 가치를 오로지 그들의 유익에 따라 판단하는 것이다. 나를 더욱 화나게 하는 것은 물을 빼먹기 위해 말 같지 않은 이야기를 만들어 유포하는 것이다. 책도 만들고, 유명인까지 등장시켜 나를 괴롭힌다. 이곳 길가에도 지나는 사람들이 누구나 볼 수 있게 홍보 문구를 적은 나무 푯말을 만들어 꽂아두었다.

도선국사가 백운산에서 수도를 마치고 일어서려고 하는데 무릎이 펴지지 않았다. 옆에 있던 나뭇가지를 잡고 일어서려 했는데, 가지가 부러지면서 엉덩방아를 찧고 말았다. 그때 부러진 가

지에서 물방울이 떨어져 받아먹었는데 신기하게도 무릎이 아프지 않았다. 그때부터 골리수(骨利樹)라 불렀다.

도선국사는 신라 말의 유명한 풍수가다. 중국 풍수에서 벗어나 비보풍수(裨補風水)를 만든 주인공이다. 비보는 부족한 것을 보충한다는 뜻이고, 비보풍수는 어떤 지역의 풍수적 결함을 보완하는 것을 말한다. 사람들은 그의 경험을 내세워 나의 골수를 마구 빼먹는다. 그러면서 자신들을 이롭게 하는 존재라고 좋아할 뿐 나의 다른 능력에 대해서는 전혀 고려하지 않는다. 건강에 좋은 약효만 연구하는 학문을 본초학(本草學)이라고 한다. 사람들이 오로지 본초학의 관점으로 바라본다는 사실이 나를 슬프게 한다.

나는 사람들이 물을 빼먹는 바람에 어릴 때부터 몸이 좋지 않았다. 사람들은 연례행사처럼 봄철만 되면 나를 찾아와서 물을 빼갔다. 그래서 나는 봄이 오는 소리가 두렵다. 사람들의 발자국 소리만 들어도 가슴이 벌렁거리고 해인사를 찾는 수많은 사람들의 소리는 마치 천둥이 울리는 것 같다.

나를 더 슬프게 하는 것은 해인사의 스님조차 나의 물을 즐긴다는 사실이다. 그래도 스님만은 나를 하나의 생명체로 존중해줄 거라 믿었고, 내가 사는 이곳에 나무 푯말까지 만들어 걸 줄은 생각도 못했다. 스님들이 길을 가다 벌레를 죽일까 봐 엉성한 짚신을 신고 다녔다는 이야기는 전설에 불과한 걸까?

방송매체들은 더하다. 전국의 산에서 사람들이 나와 동료들의 몸에 구멍을 뚫고 물을 빼먹는 장면을 어김없이 내보낸다. 링거를 꼽아놓은 듯한 모습이 재미있다는 듯 생생하게 보도한다. 인터넷도 빠질세라 그런 장면들을 여기저기 올려놓는다. 그들에게 우리의 고통스러운 외침은 들리지 않는 모양이다.

나는 몸이 한쪽으로 기울어져 있다. 태어나면서부터 터를 잘못 잡은 탓이다. 내가 자리한 주변에 볏과의 조릿대가 살고 있다. 뿌리로 번식하는 그들 때문에 싹을 똑바로 틔우지 못해 균형을 잡을 수가 없었다. 게다가 해인사가 있는 가야산에는 바람이 많이 불어 어린 내가 성장하기에 힘든 환경이었다. 지금은 줄기 한쪽마저 썩어 텅 비어 있는지라 누가 와서 살짝만 밀어도 금세 땅으로 고꾸라질 것이다.

몸은 비록 썩어가도

다른 생명에 도움을 준다는 사실이

나를 안도하게 한다.

매일 노심초사하며 사는 내가 가장 걱정하는 점은 내가 쓰러졌을 때 옆에 있는 다른 나무나 조릿대에 피해를 줄 수 있다는 것이다. 조릿대를 비롯한 나무들은 나의 소중한 동료들이다. 조릿대는 내가 균형을 잡을 수 없게 만들기도 했지만 완전히 쓰러지지 않게 잡아주는 지지대 역할을 해주었고, 주변의 나무들도 내가 넘어지지 않게 바람막이가 되어주었다. 이들의 도움 덕분에 내가 지금까지 살아남을 수 있었으니 감사는 못할지언정 적어도 그들에게 피해만은 주고 싶지 않다. 내가 바라는 대로 될지는 장담할 수 없지만, 설령 그렇게 되지 않는다 해도 그들을 생각하는 진실한 마음만은 죽을 때까지 버리지 않을 것이다.

그나마 한 가지 다행스러운 것은 썩은 몸 가까이에서 다른 생명체가 살고 있는 것이다. 몸은 비록 썩어가도 다른 생명에 도움을 준다는 사실이 나를 안도하게 한다. 사고로 뇌사 상태에 빠진 사람이 장기를 기증하여 새 생명을 살리는 아름다운 나눔을 나도 조금은 실천하고 있는 것 같아 마음이 훈훈해진다. 어쩌면 죽은 자가 산 자를 살리는 것은 자신이 안고 있던 모든 상처를 극복하는 최선의 길일지 모른다.

세상에는 죽은 자가 산 자를 죽이는 경우가 적지 않다. 특히 무덤가에 살고 있는 나무들 중에 희생을 당하는 사례가 많다. 사람들이 조상을 위한다며 나무를 제거하는 것이다. 살아 있는 자도 죽은 자도 서로에게 작은 도움이라도 될 수 있다면 얼마나 좋을까? 더 살 만한 세상이 되지 않을까?

왕벚나무

• 고향: 한국 • 부모: 장미 • 학명: *Prunus yedoensis* Matsum
• 소속: 갈잎큰키나무 • 나이: 80살
• 사는 곳: 대구광역시 동구 팔공산로 967-28 부인사

기도하지만 복은 빌지 않는다

나무관세음보살!

나무아미타불!

아제아제 바라아제 바라승아제 모지 사바하!

나는 매일 기도로 하루를 시작한다. 나의 기도는 내가 절 안에 살고 있기도 하거니와 기도를 하면 마음이 아주 편안하기 때문이다. 기도의 한자 祈禱는 방울 장식을 단 깃발을 들고 행복하게 오래 살길 바라는 마음을 가리킨다.

많은 사람들이 내가 살고 있는 부인사를 찾아 자신이나 가족을 위해 기도를 올린다. 대웅전에 들어가 부처님께 소망을 이루어달라며 기도한 후에는 불상 앞에 놓인 복전함(福田函)에 돈을 넣는다. 부처님께 복을 달라고 했으니 그 대가를 지불하는 것이다. 나는 이런 모습이 불편하고 못마땅하다.

나는 복을 위해 기도하지 않는다. 내가 기도하면서 복을 빌지 않는 것은 복을 주지 않는다는 사실을 잘 알기 때문이다. 사람들은 부처를 형상화한 불상을 보며 복을 달라고 절하며 기원하지만, 나는 불상이 복을 내린다고 믿지 않는다. 이해하기 어려운 것은 승려들이 만들어놓은 복전함이다. 복을 빌러 절에 온 사람들에게 돈을 넣고 가라고 만든 것이다. 승려는 본래 부처를 닮아가기 위해 수행하는 사람이 아닌가? 그렇다면 수도에만 정진하면 될 일이지 왜 돈을 좇는단 말인가? 그런 모습을 보면 '염불에는 관심이 없고 젯밥에만 관심이 있다'는 말이 떠올라 마음이 편치 않다.

기도할 때 내가 가장 많이 외우는 구절은 '아제아제 바라아제 바라승아제 모지 사바하'다. 《반야심경(般若心經)》의 마지막에 나오는 주문이다. '가자, 가자, 피안으로 가자. 우리 함께 피안으로 어서 가자. 피안에 도달했네. 아! 깨달음이여 영원하라'라는 뜻이다.

기도의 본질은 부처의 모습을 닮아가고자 노력하는 것이다. 그러는 중에 마음의 번뇌가 사라지고 진정한 삶의 의미를 깨달아가는 것이다. 복을 주기 위해 부처가 존재하는 것이 아니다.

나는 오랜 세월 이곳에 살면서 부처 앞에 엎드려 기도하는 사람들을 수도 없이 지켜봤다. 그들에게 공통점이 있다면 근심이 가득한 어두운 얼굴이라는 점이다. 집으로 돌아가면서도 그 얼굴은 밝아지지 않는다. 부처께 기도하고 난 후에도 근심이 가시지 않아 어두운 얼굴을 한다면 무엇 때문

에 기도를 하는가? 부처가 자신이 바라는 선물을 주실지 믿지 못하기 때문에 그런 것 아닌가? 그런데도 왜 돈을 바치면서까지 복을 비는가?

기도는 기도하는 대상을 위한 염원이어야 한다. 그를 위해 내가 살 수 있기를 바라는 마음이어야 하고, 내가 아닌 다른 사람의 구원을 위한 기도여야 한다. 평화와 자유는 그렇게 기도하는 사람에게만 주어지는 선물이다.

나는 나를 찾아오는 사람을 '벗'으로 여긴다. 사람들이 내 이름에 '벚'을 붙인 것은 열매인 버찌를 줄인 것이지만, 나는 나를 반가운 벗처럼 불러주는 사람을 좋아한다.

왕벚나무 열매

나는 부모를 닮아 5장의 꽃잎을 지니고 있다. 나를 벚나무로 착각하는 이들이 있다. 나와 달리 벚나무는 잎이 돋을 무렵 꽃을 피운다. 사람들은 벚나무 꽃이 활짝 피기 전의 꽃차례를 보면서 무척 즐거워한다. 연분홍과 흰색의 꽃이 앙증맞게 피는 모습에 반해서일 것이다. 예리한 사람들은 벚나무의 꽃받침이 종을 닮았다는 것을 알고 귀를 기울여 종소리를 듣는 시늉을 하기도 한다. 나는 그런 사람들이 정말 좋다. 남의 소리에 귀 기울이는 자세가 아름답기 때문이다.

나는 꽃이 잎보다 먼저 핀다. 나랑 비슷한 나무들 중에 올벚나무가 있고, 벚나무처럼 잎이 돋을 때 꽃을 피우는 나무로는 산벚나무, 섬벚나무, 양벚나무 등이 있다.

사람들은 꽃이 풍성한 나를 좋아하지만, 요즘에는 나보다 꽃이 더 풍성한 겹벚나무도 좋아한다. 겹벚나무는 꽃이 홑이 아닌 겹이라서 붙은 이름이다. 내가 꽃을 대부분 떨어뜨리고 났을 때쯤 꽃을 피우는 겹벚나무는 이곳의 도로에서도 쉽게 만날 수 있다. 갈수록 사람들이 화려한 꽃들에만 마음을 빼앗기는 것 같다.

나는 부모가 왜 5장의 꽃잎을 만들었는지 정확히 모르지만, 스스로 의미를 부여하자면 5장 중 4장은 동서남북을, 하나는 땅을 가리킨다. 그래서 나는 꽃잎 한 장마다 하나의 방향을 향하게 한 후 기운을 가운데로 모은다. 이렇게 하면 하늘과 땅의 기운을 온전히 받아들일 수 있다. 생명체는 천지의 기운을 받으며 살아가지 않으면 건강을 유지하기 어렵다. 나는 봄

요즘에는 화려한 겹벚나무의 인기가 높다.

철에 꽃을 피울 때 그렇게 온 힘을 다해 천지의 기운을 받는다. 그래야 꽃과 잎을 제대로 피울 수 있고 온전히 성장할 수 있기 때문이다.

나는 이렇게 스스로 힘을 얻고 성장해가는 내 모습이 대견하고 자랑스럽다. 때로는 가슴이 먹먹할 정도로 행복하고, 그 순간 나의 자존감은 급상승한다. 자존감은 누가 주는 것이 아니라 스스로를 인정하고 받아들일 때 생기는 것이다.

내 몸에는 세월의 무게를 이기지 못한 흔적이 많다. 특히 가지들이 그렇다. 해마다 닥치는 태풍에 꺾이고 부러져 수족을 잘 쓰지 못하는 노인 같은 행색이다. 가지가 무성했을 때는 사람들이 꽃을 보고 감탄하며 좋아했지만 지금은 늙은 몸에서 핀 꽃이라서 그런지 찾는 사람들의 반응이 시큰둥하다.

나는 몸에 생긴 상처를 다스리기 위해 그 자리에 새순을 만든다. 새순은 상처 난 부위를 아물게 해줄 뿐더러 가리는 역할도 한다. 그런데 간혹 사람들이 새순을 발로 밟거나 손으로 꺾어버리곤 한다. 도대체 왜 그러는 걸까? 내가 새순으로 상처를 다스린다는 사실을 몰라서일까? 사람들의 만행과 무지에 나는 더 큰 상처를 받는다. 다른 존재의 상처에 무심하면 안 된다. 그러면 자신의 상처도 치유할 수 없다.

나는 부인사 계단 아래에 살고 있는 느티나무를 볼 때마다 감사한 마음이 든다. 건강한 동료에게서 새로운 기운을 받을 수 있을뿐더러 젊고 활력 있는 존재가 곁에 있는 것만으로도 위안이 될 때가 많다.

만약에 내가 젊지만 건강하지 않은 상태에서 그를 만났더라면 그에게 시기심을 느꼈을지도 모른다. 내게 없는 것을 가진 상대에게 시기심이 발동하여 더 심한 마음의 상처를 입었을 수도 있다.

무릇 상처는 다른 누군가가 주기도 하지만 스스로 만드는 경우도 적지 않다. 그런데 스스로 만든 상처가 치유하기에 더 어려운 법이다. 남들이 준 상처만 생각하고 자신이 만든 상처는 아예 생각하지 않기 때문이다. 그러다가 상처가 곪아 터질 때가 되어서야 겨우 알아차린다. 남이 아닌 내가 만든 내면의 상처를 먼저 들여다보고 치유할 줄 아는 지혜가 필요하다.

살구나무

• 고향: 중국 • 부모: 장미 • 학명: *Prunus armeniaca* L.

• 소속: 갈잎중간키나무 • 나이: 10살

• 사는 곳: 대구광역시 달서구 달구벌대로 1095

누가 뭐래도
난 나를 사랑한다

가치 없는 삶이란 없다. 관심을 많이 받는다고 해서 더 가치가 있는 것도 아니고, 적게 받는다고 해서 가치가 없는 것도 아니다. 세상의 생명체들은 저마다 나름의 소중한 가치를 가지고 있다. 그런데 사람들은 나무의 가치를 경제적 이익에만 비추어 재단한다. 가격으로 가치를 저울질하는 것이다.

나는 공자 시절 이후로 오랫동안 상당한 가치를 인정받았지만 지금은 그렇지 못하다. 과거에 사람들이 내게 큰 관심을 보여준 것은 공자가 내 옆에서 제자들과 수업을 했기 때문이다. 왜 하필 나였을까? 특별히 나를 좋아해서라기보다는 공자의 노나라에 내가 많이 살고 있었기 때문이다. 중국 사람들은 공자의 예에 따라 나를 곳곳에 심어 공자 흉내를 냈다. 그런데 한국에서는 달랐다. 동일하게 공자 흉내를 내면서도 내가 아닌 다른 나무를 이용했다.

중국에서는 나를 행(杏) 또는 살구(殺狗)라고 하고, 춘추시대에 공자가 제자들과 공부한 곳은 행단(杏壇)이라고 말한다. 당나라의 시인 두목은 술집에 살고 있던 내 꽃을 보고 행화촌(杏花村)이라는 이름을 짓기도 했다. 그런데 한국에서는 행단의 '행'을 살구나무가 아니라 은행(銀杏)으로 이해했다. 그 이유는 정확히 알 수 없지만 그 때문에 나의 존재는 완전히 관심 밖으로 밀려나버리고 말았다. 물론 관심을 가지는 이들이 있었다. 관상용으로 나를 가꾸는 사람도 있었고, 농가에서는 귀한 매실(매화)나무 대신 나를 심어서 열매를 따 먹기도 했다. 그러나 매실의 인기가 상승하면서 나는 점점 묻히는 존재가 되었다. 심지어 나의 열매인 행인(杏仁)을 매실로 속여서 파는 사람도 나타났다. 사람들이 나와 매실을 제대로 구분하지 못해서다.

사람들은 살구가 무슨 뜻인지도 모른다. 나를 살구로 명명한 중국에서는 '개를 죽인다(殺狗)'는 뜻으로 사용했다. 개를 살구나무에 매달아 죽였기 때문에 붙여진 이름이라고 말하는 경우가 있지만 잘못 알고 있는 것이다. 나는 그런 식의 해석을 우려한다. 개인적인 추측이나 경험을 일반화하면 모르는 사람들이 정말 그런 줄 알고 넘어가 다 같이 위험해질 수 있다. 내가 살구라는 이름을 갖게 된 것은 씨앗에 독이 있기 때문이다. 벌레나 동물의 위협에서 나와 후손들을 지키기 위해 독을 만든 것이다. 개가 먹으면 죽을 수도 있다. 개가 무슨 살구 열매를 먹느냐고 할 수 있지만, 열매가 익어서 땅에 떨어지면 그런 일이 일어나기도 한다.

나는 추운 날씨도 꿋꿋하게 견디며 힘껏 꽃을 피웠고,

적당히 타협하며 세속에 물들어 살아오지 않았다.

지금 나는 사람들이 잘 다니지 않는 곳에 살고 있다. 사람들과 만날 기회도 많지 않고 꽃을 피워도 찾아오는 이가 거의 없다. 매화나 벚꽃을 보러 가는 사람은 많지만 내 꽃은 보러 오지 않는다. 열심히 꽃을 피웠는데 아무도 찾아주지 않으니 나날이 쓸쓸하다. 간혹 찾아오는 벌들이 있어 그나마 위안을 삼고 있지만 적적한 마음까지 달래주지는 못한다.

왜 사람들은 나를 찾지 않을까? 이런저런 이유가 있겠지만, 한 가지 짚이는 것이 있다. 향(香)이다. 내 꽃에서 나는 향기를 행향(杏香)이라고 하지만 매화 향처럼 진하지 않다. 사람들의 발걸음을 멈추게 할 정도의 향이 아니라서 관심을 받지 못하는 것 같다. 옛날에도 그랬다. 매화의 족보인 《매보(梅譜)》는 송나라 때 나왔지만 '행보(杏譜)'는 나오지 않았다. 조선시대 성리학자들도 매화를 노래한 시는 많이 지었지만, 나를 표현한 시는 별로 남기지 않았다. 매화의 시를 가장 많이 남긴 퇴계 이황도 살구에 관한 시는 거의 짓지 않았고, 중국 명나라 때 지명한 사군자(四君子)에도 나는 포함되지 않았다.

내가 피운 꽃은 찬찬히 보면 참 예쁘다. 흰색인 듯 연홍색인 듯 빛나는 5장의 꽃잎은 떠받쳐주는 꽃받침 덕에 더 우아해 보인다. 조금 젖혀져 있는 꽃받침과 뒤로 넘어간 듯한 꽃잎은 매화와 다른 모습이다. 성리학자들이 내게 큰 매력을 느끼지 못한 또 따른 이유가 여기에 있는 것 같다. 뒤로 넘어간 듯한 모습이 자신들이 추구하는 꼿꼿한 태도와 어울리지 않는다고 생각했을 것이다. 그러나 그건 편견이다. 나는 추운 날씨도 꿋꿋하게 견디며 힘껏 꽃을 피웠고, 적당히 타협하며 세속에 물들어 살아오지 않았다.

내 꽃은 꽃자루가 짧아서 마치 가지에 붙어 있는 것처럼 보인다. 그에 비해 나와 닮은 개살구꽃은 꽃자루가 나보다 조금 더 길다. 내가 힘껏 피워 올린 꽃이 지고 나면 그 자리에 앙증맞게 생긴 열매가 달린다. 꽃자루가 짧아 열매도 가지에 바짝 달라붙어 열린다. 달걀 모양처럼 생긴 잎은 둥글고 큰 편이고, 잎맥이 선명하게 어긋나 있다. 나무에 조예가 있는 사람은 잎을 보고 나와 매화나무를 구분한다. 잎은 매화나무보다 더 크고 둥글며, 잎맥은 똑같이 어긋나 있지만 선명하지 않은 매화나무와 차이가 있다. 줄기 색깔은 내가 밝은 편이고 매화나무는 검은 편이다. 아는 사람이 많지 않지만 나에겐 가시도 있다. 부모인 장미를 닮아서 그런 것이다. 살면서 퇴화하여 도드라져 보이진 않는다.

나는 나이가 어리지만 병이 깊다. 줄기가 갈라져 심한 고통을 겪고 있다. 어린 나이에 몸이 이 지경에 이른 것은 나를 이곳에 살게 한 사람들이 방치하다시피 했기 때문이다. 사람들은 내가 다른 동물들에게 공격을 받아도 모르는 체했고, 지나다니는 데 지장을 준다며 줄기 한쪽을 잘라버리기도 했다. 계획 없이 심어놓고는 불편해지면 아무렇지 않게 자르거나 치워버리는 그들의 편의주의와 무감각으로 고통받고 있는 나무가 얼마나 많은지 모른다.

비록 나는 고통을 안고 살아가지만, 그럼에도 나를 사랑한다. 아름답게 물든 잎을 제대로 보지 못하는 그들이 안타깝지만, 남들이 몰라준다 해도

실망하지 않는다. 그들의 문제는 그들에게 맡기고 나 스스로를 사랑하며 상처를 치유해나가면 되니까 말이다. 자신을 사랑하는 방법은 간단하다. 아무런 조건 없이 자신을 있는 그대로 존중하는 것이다. 그렇게 자신을 중히 여기고 사랑할 줄 알면 세상의 무관심에서 자유로울 수 있고, 어떤 어려움도 헤쳐나갈 수 있다.

아까시나무

- 고향: 북미
- 부모: 콩
- 학명: *Robinia pseudoacacia* L.
- 소속: 갈잎큰키나무
- 나이: 40살
- 사는 곳: 대구광역시 북구 구암동 구암산 정상 부근

쓰러진 자의
눈에 비친 세상

오해는 위험하다. 자칫 죽음을 부를 수도 있다.

나는 대한민국에서 가장 큰 오해를 받고 있는 나무다. 사람들이 오해하는 이유는 내가 그들이 좋아하는 소나무를 못살게 구는 원흉이라고 생각하기 때문이다. 여기에 일본 제국주의가 고고한 절개를 상징하는 소나무를 죽이려고 방방곡곡에 나를 퍼뜨렸다는 이야기가 전해지면서 오해가 커졌다. 그래서 지금도 수난을 면치 못하고 있다. 나는 사람들이 나를 대하는 시각을 통해 인간의 오해가 한 생명에게 얼마나 치명적인 영향을 미칠 수 있는지 뼈아프게 실감할 수 있었다.

사람들은 내가 어떻게 한국에서 살게 되었는지 그 과정도 잘 모를 뿐만 아니라 이름조차도 제대로 불러주지 않는다. 내 이름은 아까시나무다. 그런데 아직도 많은 사람들이 '아카시아'라고 부른다. 1972년에 나온 동요 '과수원길'에서 아카시아로 불리고, 1970년대에 아카시아껌이 등장하면서 그 이름이 굳어졌다. 하지만 아카시아는 나와 달리 호주를 중심으로 분포하는 늘푸른큰키나무다.

내가 어떤 존재인지는 학명을 보면 명확히 알 수 있다. '식물분류학의 아버지'로 불리는 스웨덴 출신의 칼 폰 린네(Carl von Linne)가 붙인 나의 학명(*Robinia pseudoacacia*)에서 로비니아(*Robinia*)는 1601년 아까시나무를 유럽에 소개한 프랑스인 장 로뱅(Jean Robin)을 가리키고, 학명 프세우도아카시아(*pseudoacacia*)는 '아카시아와 비슷하다'는 뜻이다.

내 조상이 한국에 처음 살기 시작한 것은 1891년 일본의 우선(郵船)회사 인천지점장인 사카키가 중국 상해에서 들여와 공원에 심으면서부터였다. 그리고 1898년 일본 출정철도감부(出征鐵道監部)에서 아까시나무를 인천 월미도와 다른 지역에까지 보급했다. 철도청에서 나를 열심히 보급한 것은 재질이 강해서 철도침목용으로 적합했기 때문이다. 당시에는 밤나무가 주로 사용되고 있었다. 밤나무는 상수리나무나 떡갈나무 같은 참나뭇과의 나무들처럼 목질이 단단해서 철도용침목으로 적합했다. 그러나 철도가 늘어나면서 공급이 부족해졌고, 성장 속도가 빠르면서 재질이 강한 나로 대체했던 것이다.

나는 나이가 들면 피부색이 검게 변한다. 나의 영어 이름인 블랙 로커스트(Black Locust) 그대로다. 사람들은 나를 비난하면서도 꽃은 아주 좋아한다. 특히 만발한 꽃들에서 풍기는 향기에 흠뻑 빠져든다. 꽃을 꺾어 머리에 꽂거나 손에 들고 다니고, 잎을 따서 가위바위보를 하며 하나씩 없애는 놀이를 즐긴다. 양봉가는 꽃에서 꿀을 얻기 위해 벌통으로 벌들을 유인한다. 벌들은 하루 종일 윙윙 날아다니면서 꽃가루를 벌통으로 옮겨놓는다. 내가 꽃을 절정으로 피웠을 때 벌들이 날아다니는 소리는 실로 어마어마하다. 그렇게 내 꽃에서 나온 꿀은 양봉가의 주머니를 두둑하게 해준다. 하지만 꽃이 지고 나면 양봉가는 미련 없이 떠나버리고, 다른 사람들도 나의 존재를 까마득히 잊는다.

내가 사는 곳은 대한민국에서도 아까시나무가 아주 많은 산이다. 동료들과 무리를 지어 살고 있는 나는 나이도 많고 키도 큰 편이지만 서 있지 못하고 누워 있다. 강한 바람에 뿌리가 뽑힌 탓이다.

나는 덩치에 비해 뿌리를 깊게 내리지 않고 옆으로 뻗어 균형을 잡거나 동료들의 뿌리와 한데 얽혀 위기에 대비한다. 그런데 사람들이 등산로를 만들면서 균형을 잃기 시작했다. 특히 비가 내리기라도 하면 주변의 흙이 쓸려 내려가는 통에 점차 뿌리가 땅 밖으로 나오면서 몸을 지탱하기가 어려워졌다. 그러다가 바람이 세게 불던 어느 날, 급기야 쓰러지고 말았다.

40여 년간 잘 버텨오던 몸이 뚝 하면서 바닥으로 떨어지던 순간, 나는 하늘이 무너지는 것처럼 암담했다. '결국 이렇게 생을 마감하는구나' 생각했다.

내가 쓰러지면서 주변에 있던 나무들도 날벼락을 맞았다. 아마도 느닷없이 무거운 망치로 얻어맞은 느낌이었을 것이다. 나는 쓰러진 채로 급히 주변을 살폈다. 정신을 잃은 나무들이 신음 소리를 내고 있었다. 내가 쓰러지면서 동료들까지 큰 고통을 당했다고 생각하니 죄책감이 몰려와 눈을 뜰 수가 없었다. 마음을 더 쓰리게 한 것은 내가 그들을 위해 할 수 있는 일이 없다는 것이었다. 미안하고 또 미안했지만, 쓰러진 상태에서 어떻게 할 도리가 없었다. 나는 그저 그들의 고통이 하루속히 낫기를 기도했다.

나는 아직도 누운 채로 살고 있다. 처음 쓰러졌을 때는 금방 죽는 줄 알았는데, 용케도 목숨을 부지하고 있다.

사람들이 등산을 하면서 내 몸을 밟고 지나간다. 몸의 일부가 등산로에 걸쳐 있어서다. 대부분은 몸에 이끼가 붙어 있는 것을 보고 내가 죽은 줄 안다. 나를 보고 잘라서 찻잔 받침으로 사용하면 좋겠다고 말하는 사람도 있지만, 나는 어떤 말에도 마음이 상하지 않는다. 이 땅에 살면서 한 번도 좋은 대우를 받아본 적이 없어서인지 무슨 말을 해도 그러려니 하고 넘어간다. 하지만 그들이 즐겨 쓰는 '식물인간'이니 '식물국회'니 하는 표현은 심히 유감스럽다. 우리 식물들을 어떻게 취급하는지가 엿보이는 까닭이다. 식물 없이는 단 하루도 살 수 없는 사람들이 걸핏하면 얕잡아보는 말들을 내뱉는 게 마음에 거슬린다.

나는 누워서 사는 동안

세상을 보는 눈이 달라졌다.

내가 누워서 보낸 지도 벌써 3년이 지났다. 장마철의 빠른 물살처럼 시간이 금세 흘렀다. 그새 깨달은 바가 많다. 서 있을 때만 해도 눕는다는 건 곧 죽음을 의미했는데 아니었다. 누워서도 살 수 있다! 그리고 세상을 보는 눈이 달라졌다. 보이지 않거나 모른다고 해서 없는 것이 아니라는 것, 생명력은 생각보다 강하다는 것, 치열하게 경쟁하지 않아도 살 수 있다는 것, 자연에 순응하면 생명과 평화가 찾아온다는 것, 시각을 바꾸면 삶이 달라진다는 것을 깨달았다.

비장애인은 장애인의 어려움을 잘 모른다. 그의 처지가 되어보지 않으면 그의 삶을 온전히 이해할 수 없다. 나도 서 있을 때는 인간의 행동을 납득하기 어려웠다. 그런데 누워서 보니 조금은 이해할 수 있는 여지가 생겼다. 인간은 나와 달리 움직이며 사는 존재다. 그들이 나를 밟고 다니는 것도 미워서만은 아닐 것이다. 바쁜 일상으로 지친 삶에 휴식을 주고 에너지를 얻기 위해 나를 넘어 산을 오르는 것이다.

나는 아직 살아 있지만 언제 어떻게 될지 알 수 없다. 땅에 닿은 줄기는 썩어가고 있고, 뿌리는 말라가고 있다. 어느 날 갑자기 인간의 톱에 잘려 나갈 수도 있을 것이다. 하지만 크게 두렵지는 않다. 이 모든 걸 숙명으로 받아들이고, 쓰러진 후의 삶은 덤이라 여기며 살려고 한다. 어쩌면 삶은 처음부터 덤이었는지도 모른다.

왕버들

• 고향: 한국 • 부모: 버드나무 • 학명: *Salix chaenomeloides* Kimura
• 소속: 갈잎큰키나무 • 나이: 453살 • 별칭: 의병장 김덕령 장군 나무 • 명예: 천연기념물 제539호
• 사는 곳: 광주광역시 북구 충효동 1021

나무와 사람이 공존하는 길

출생을 기념하여 나무를 심는 사람은 먼 미래를 내다볼 줄 아는 예언자와 같다. 나무를 심으면 출생자뿐 아니라 많은 생명체에게 혜택을 준다. 그래서 출생을 기념하는 나무는 가장 훌륭한 선물이다. 타고난 재주를 가진 사람을 재목(材木)에 비유하는 것도 같은 연유일 것이다.

나 또한 한 사람의 탄생 덕분에 세상의 빛을 볼 수 있었다. 임진왜란 때 맹활약한 의병장 김덕령이 태어난 해를 기념하여 마을 사람들이 1567년에 나를 이곳에 심은 것이다. 그때 나와 함께 심어진 나무가 넷 더 있었지만, 나와 두 친구만 살아남았고 다른 두 친구는 일찍 세상을 떠났다.

나는 사람들이 왜 5그루의 왕버들을 심었는지 정확한 이유를 모르지만 한 가지 짐작되는 것은 나무를 통해 편안한 세상을 만들고 싶은 바람 아니었을까 한다. 중국에도 같은 사례가 있었다. 중국 동진시대의 도연명은 벼슬을 그만두고 낙향하여 집 앞에 5그루의 버드나무를 심은 후 '오류선생(五柳先生)'을 자처했다. 그는 고향에서 별천지를 뜻하는 무릉도원을 꿈꾸기도 했다. 이곳 사람들도 왕버들을 심어 낙원의 꿈을 실현하고 싶었는지 모른다.

마을 사람들은 왕버들 외에도 각종 나무들을 심어 숲을 만들었고 마을의 안녕을 염원했다. 신라 말의 도선이라는 사람이 중국의 풍수에서 벗어나 한국만의 풍수를 제창한 이래 나무를 통해 마을을 보호하는 풍습이 성행했다. 비보풍수의 한 형태라고 할 수 있다.

나는 암수가 다른 나무다. 은행나무처럼 암나무에는 암꽃이 피고, 수나무에는 수꽃이 핀다. 나의 부모인 버드나무를 비롯하여 사시나무, 은사시나무, 황철나무, 이태리포플러, 양버들, 쪽버들, 분버들 등 나의 형제들도 모두 암수가 다르다. 이른 봄에 잎과 함께 피는 암꽃은 열매와 흡사하게 생겨서 열매와 꽃을 구분하지 못하는 경우도 많다.

나는 부모나 형제보다 몸집이 월등하게 크다. 그래서 나를 왕버들이라고 부르는 것이다. 키는 크게 자라지 않고 몸집이 뚱뚱한 게 특징이다. 그 때문인지 나이를 먹으면 대부분 나무 줄기가 울퉁불퉁해진다. 나와 두 왕버들은 위로 충분히 자라지 못해 줄기를 땅에 기대고 있다. 걸터앉기에 안성맞춤이어서 사람들이 올라와 놀기를 좋아했다. 그러다가 2012년 천연기념물로 지정된 후로는 주변에 울타리가 만들어져 사람들이 들어오지 못하

게 되었고, 그 덕에 우리는 사람들의 시달림에서 벗어났다.

우리는 3그루에 불과하지만 몸집이 아주 커서 마치 수십 그루가 함께 사는 것처럼 보인다. 우리가 장수할 수 있게 해주는 중요 조건은 앞에 있는 작은 도랑이다. 이 도랑이 있어 우리는 물 걱정없이 살아올 수 있었다. 우리가 지금까지 살 수 있었던 또 다른 배경은 마을 사람들이 매년 10월에 열어주는 '왕버들 기원제'다. 그들은 우리의 무병장수와 마을의 안녕을 위해 정성을 다해 제를 올리고 보살핀다.

내가 살고 있는 마을의 이름 '충효동'은 조선시대 정조대왕이 하사한 것이다. 임진왜란 때 공을 세웠다고 해서 왕이 내린 영광의 이름이다. 우리 맞은편에는 충정공 김덕령 장군과 그의 부인 흥양 이씨를 기리는 정려비각이 있다. 여기처럼 기념 나무와 기념 인물이 같이 있는 경우는 유례를 찾아보기 어렵다. 애국의 정신과 아름다운 문화전통이 서려 있는 마을에 살고 있는 내가 자랑스럽다.

바라건대 우리를 둘러싼 훈훈한 이야기가 대대손손 전해졌으면 좋겠다. 미담에는 상처를 치유하는 효력이 있어 미담을 듣고 자란 존재는 어지간한 상처에도 끄떡없이 건강하게 살아갈 수 있다.

느티나무

- 고향: 한국 • 부모: 느릅나무 • 학명: *Zelkova serrata* (Thunb.) Makino
- 소속: 갈잎큰키나무 • 나이: 410살 • 별칭: 현고수 • 명예: 천연기념물 제493호
- 사는 곳: 경남 의령군 유곡면 세간리 736-1

온몸을 울려
나라를 구하다

둥! 둥! 둥!
어서 모여라!
둥! 둥! 둥!

"왜적이 우리의 땅 한반도에 쳐들어왔소. 어서 빨리 이곳으로 모이시오."

40살의 곽재우는 내 몸에 큰 북을 매달고 온 힘을 다해 두드리기 시작했다. 숨이 막혀 죽을 것 같았던 그때, 내 나이는 고작 10살에 지나지 않았다.

임진왜란이 일어난 당시, 나는 세간리 마을 입구에 살고 있었다. 1592년 4월 14일 새벽 5시, 일본 장수 고니시 유키나가의 제1번대가 병선 700여 척에 나누어 타고 오우라항을 출발하여 오후 5시에 부산 앞바다에 도착했다. 전쟁의 선봉대였다. 왜적이 부산포에 진입한 지 8일 후인 1592년 4월 22일, 곽재우는 조선에서 처음으로 의병을 모집하기 위해 내 몸에 북을 달고 정신없이 두드렸다. 나는 곽재우가 내 몸에 북을 매달 때만 해도 영문을 몰라 어리둥절했다. 어린 나는 왜놈이 조선을 침략한 것과 내 삶이 무슨 연관이 있는지 알지 못했고, 시간이 한참 지나서야 곽재우 장군의 행동이 얼마나 의로운 것인지 알았다.

곽재우의 북소리를 듣고 내 주위에 모인 사람은 노비 10명에 불과했다. 나는 그 모습을 보고 헛웃음이 나왔다. 고작 10명의 노비로 뭘 어쩌겠다는 것인가. 잠시이긴 했지만 곽재우도 실망하는 눈치였다. 하지만 그는 다음 날이 밝자 북소리를 더욱 크게 울리기 시작했다. 그가 치는 북소리가 얼마나 큰지 나는 온몸이 부서지는 것 같은 통증을 느꼈다. 그러나 그는 아랑곳하지 않고 오로지 북을 치는 데만 열을 올렸다. 그 모습이 신이라도 들린 것 같았다. 과연 그의 절박한 호소가 북소리에 실려 전해졌는지 전날보다 많은 50여 명의 의병이 달려왔다. 그중에는 양반들도 있었고, 모인 그들은 하나같이 나라를 생각하는 곽재우의 충성스러운 모습에 감동했다고 말했다. 날이 갈수록 곽재우를 따르는 의병들이 늘어났고, 그들은 일본 군대가 한양으로 올라오고 있다는 소식을 듣고 백성을 버리고 의주로 도망간 임금 선조와 달리 곽재우와 함께 목숨을 걸고 적들에 맞서 싸웠다.

나는 곽재우가 의병을 이끌고 마을을 떠난 뒤에야 겨우 정신을 차렸다. 그가 떠나고 나는 한동안 조용한 시간을 보낼 수 있었다. 그를 다시 본 것

은 임진왜란이 끝난 직후였다. 그는 왜적을 물리친 공으로 여러 벼슬을 받았지만 번번이 거절하고 고향에서 지냈다.

어느 날 그가 나를 찾아왔다. 그는 내 몸을 가만히 어루만지며 감상에 젖은 눈으로 나를 바라보았다. 북을 매달았을 때 내가 느꼈을 고통에 대한 미안함과 고마움을 전하고 싶었으리라. 그의 따뜻한 마음이 오롯이 전해졌다. 하지만 감사는 내가 해야 할 일이다. 생각해보면 내가 지금까지 살아남을 수 있었던 것은 그의 덕분이다. 그가 나라를 지키기 위해 목숨 걸고 싸우지 않았다면 이곳도 왜적에게 짓밟혀 폐허가 되었을 것이고, 그 과정에서 나도 불태워져 없어졌을지 모른다. 생각만 해도 아찔하다.

그가 세상을 떠난 지 오랜 세월이 흘렀지만 그를 추모하는 사람들이 많다. 그들은 이곳을 찾아와 곽재우의 유산을 돌아보고 나에게 인사를 건넨다. 내 몸에 북을 매달아 의병을 모집했다는 사실이 알려지면서 나도 유명해진 것이다. 사람들은 곽재우가 북을 매단 나무라고 해서 내게 '현고수(懸鼓樹)'라는 별칭을 지어주었다. 장군 덕분에 의목(義木)이 된 것이다.

내가 곽재우라는 위인을 만날 수 있었던 것은 이곳이 그의 외가였기 때문이다. 그의 어머니 진주 강씨는 곽재우를 친정에서 낳았다. 그런 연유로 의병운동을 외가에서 시작하게 된 것이다.

사람들은 나를 둘러보며 곽재우의 공로를 칭송하는 한편 나에 대한 감사의 말을 잊지 않는다. 장군이 거둔 많은 승리 중에서 그들이 최고로 꼽는 것은 1592년 5월 경남 함안군 군북면에 위치한 정암진(鼎巖津), 즉 솥바

위나루에서 벌어진 전투에서 붉은 옷(紅衣, 홍의)을 입고 왜적을 물리친 것이다. 그를 '홍의장군'으로 부르게 된 계기가 바로 정암진 전투다. 나를 보고 난 사람들의 발걸음은 이어서 정암진으로 향한다. 전투 현장을 보기 위해서다. 그런데 그들 중에는 다른 목적을 가진 사람도 있다. 정암진은 '부자바위'로 불리며 인기가 많다. 인근에서 재벌 회장들이 태어나 그런 이름이 생겼다. 삼성그룹의 이병철, 엘지그룹의 구인회, 효성그룹의 조홍제가 그들이다.

나는 2008년 천연기념물로 지정되었다. 이 또한 곽재우 덕분이다. 그가 아니었다면 성치 않은 몸으로 그 같은 명예를 얻지 못했을 것이다.

나는 수백 년째 허리가 굽은 채로 살고 있다. 어린 나이에 짊어져야 했던 무거운 북 때문에 허리디스크를 안게 된 것이다. 그렇지만 한 번도 곽재우를 원망한 적이 없다. 나의 상처는 영광의 상처이고 훈장 같은 상처이며, 상처는 고통스럽지만 영광의 상처는 고통을 이길 수 있는 힘을 준다는 걸 잘 알고 있기 때문이다. 전쟁 통에 자신의 안위를 버리고 위기에 빠진 나라를 구하고자 불처럼 뛰어든 의인과 함께 기억되는 것만으로도 충분히 감사하고 격려가 된다.

마을 사람들은 매년 정월 보름에 곽재우를 기리고 나를 치하하는 제를 올린다. 내 몸에 새끼줄을 두르고 밑동 주변에 황토를 뿌린 후 말린 명태와 의령군에서 만든 막걸리 등을 놓고 경건하게 절을 올린다. 평소에도 나를 정성껏 돌봐준다.

상처는 고통스럽지만 영광의 상처는

고통을 이길 수 있는 힘을 준다.

나는 그들의 보살핌에도 고령의 한계를 어쩌지 못하고 있다. 몸은 절반 이상 썩었고 가지도 얼마 남지 않았다. 문화재청에서 나를 치료하려고 여러 차례 외과수술을 실시하기도 했지만, 나는 그러한 치료에 의지해 목숨을 연장하고 싶지 않다.

요즘 나는 매일 기도를 드린다. 더 이상의 고통 없이 자연스럽고 편안하게 삶을 놓을 수 있게 해달라고 간절히 기도한다. 또 내 곁에 있는 동갑내기 천연기념물 제302호 은행나무의 건강도 기원한다. 많은 사람들에게 도움을 준 나무다. 특히 아기를 낳은 산모들에게 큰 보탬이 되었다. 아기에

게 먹일 젖이 부족한 산모들이 젖을 많이 나게 해달라며 은행나무의 유주(乳柱)를 떼어서 먹었다. 유주는 나무의 노화로 생긴 것이다. 모양이 엄마의 젖을 닮아 섭취하면 젖이 많아진다고 해서 손을 타게 되었다. 지금은 거의 닳아서 흔적만 남아 있다.

그래도 은행나무와 나는 참으로 운이 좋은 나무들이다. 곽재우기념관 앞에서 나란히 살면서 서로 의지가 되어주었고, 둘 다 천연기념물로 존중까지 받았다. 큰 복을 누린 셈이다.

누군가가 다시 내 몸에 북을 매달고 홍의장군의 은공에 보답하고 싶은 내 마음을 북소리에 담아 전할 수 있게 두드려주면 좋겠다. 둥둥둥…. 그렇게 생을 마치고 대구광역시 달서구 구지면 현풍 곽씨 문중의 공동묘지 가운데 위치한 그의 묘소 옆에 묻히고 싶다.

담쟁이덩굴

- 고향: 모름 • 부모: 포도 • 학명: *Parthenocissus tricuspidata* (Siebold & Zucc.) Planch.
- 소속: 갈잎덩굴나무 • 나이: 25살 • 한국 이름: 담쟁이덩굴
- 별명: 땅의 비단(地錦), 산을 오르는 호랑이(爬山虎)
- 사는 곳: 대구광역시 북구 칠곡중앙대로 136길 47 경상북도농업기술원 내 농업방송정보관

살기 위해
손을 뿌리로 만들다

세상에는 내려가야 사는 것이 있고, 올라가야만 생존하는 것도 있다. 그것은 따로 배우지 않아도 태어나면서부터 갖는 생명체의 생존 본능이다. 그래서 올라만 가는 것을 나무랄 수도 없고, 내려만 가는 것도 탓할 수 없다.

나는 올라가야 살 수 있는 존재다. 그렇게 태어난 나를 탓하는 이들이 있다. 위로 올라가기를 갈망하는 자신의 속내는 감추고 다른 누가 올라가는 것을 시기하고 비난한다. 나는 이런 이들 때문에 속이 상할 때가 많다. 생존을 위한 본능을 '끝없는 욕망'이라며 매도하고 공격하는 그들은 어떻게든 남들보다 더 높이 올라가려고 발버둥치면서도 자신의 욕망은 욕망이 아닌 도전으로 포장한다.

사실 욕망은 그 자체로 나쁜 것이 아니다. 삶에 에너지를 부여해주는 강한 동기를 제공한다. 문제는 욕망의 대상이다.

나는 땅에서 싹을 틔우고 나서 무조건 위로 올라가야 한다는 일념으로 살아왔다. 올라가지 않으면 사람들의 발에 밟혀 죽거나 누군가의 공격을 받아 생존이 위협받기 때문이다. 그런데 내가 목숨 걸고 올라간 곳은 아주 높고 둘레도 넓은 굴뚝이었다. 나는 내가 마주한 현실을 받아들이고 싶지 않았다. 넓고 넓은 지구상에서 삶의 터전이 하필 굴뚝이라니…. 경치 좋고 살기 편한 곳이 얼마나 많은데 이런 삭막한 곳에서 평생을 살아야 한단 말인가? 내게 주어진 운명을 원망하고 또 원망했다. 굴뚝에서 연기가 올라올 때마다 가슴이 갑갑하고 눈앞이 캄캄했지만 어떻게 해야 할지 몰랐고, 누구도 길을 가르쳐주지 않았다. 그렇다고 원망과 신세 한탄으로 살 수만은 없었고, 어떻게든 방법을 찾아야 했다.

내가 살기 위해 찾아낸 방법 중 하나는 굴뚝을 굴뚝이라고 생각하지 않는 것이었다. 굴뚝은 늘 뜨거운 열기와 매캐한 연기를 내뿜는 곳이라 정상적인 삶을 살기에 나쁜 환경이다. 그것에 초점을 맞추면 삶이 부정적이고 위축될 수밖에 없다. 나는 내가 사는 곳이 굴뚝이 아니라 넓은 세상을 내려다볼 수 있는 전망대라고 생각하기로 했다. 그러고 나니 한결 마음이 가볍고 편안해졌다. 내가 감싸고 있는 굴뚝을 보고 멋있다며 좋아하는 사람들의 말에서 위안을 얻기도 했다.

내가 굴뚝을 오르기 위해 가장 먼저 한 일은 붙음뿌리를 굴뚝 표면에 바

균형을 잡으려면 멈추어야 하고 다시 내려가야 한다.
어느 지점에서 언제 내려가야 할지를 결정하는 게 올라가는 것
이상으로 중요하다. 더 올라가면 균형을 잃어
떨어지거나 고립될지 모를 그 지점에서 멈추어야 한다.

짝 붙이는 것이었다. 붙음뿌리는 본래 뿌리가 아닌 덩굴손이었다. 나무는 뿌리가 땅속에 있기 때문에 또 다른 뿌리가 필요 없지만, 나는 다른 대상에 달라붙어서 살아야 하기 때문에 많은 뿌리가 필요하다. 그래서 나의 조상은 손을 뿌리로 만들었다. 사람들은 내게 손이 있다는 것을 잘 모른다. 아주 작고 귀엽게 생긴 부드러운 손이지만 굴뚝의 표면에 붙어 어지간해서는 떨어지지 않을 정도로 강하다. 나는 그 손으로 거침없이 위로 또는 옆으로 길을 만들어 뻗어나간다. 머뭇거리거나 잠시 한눈을 팔기라도 하면 때를 놓쳐 위험에 처할 수 있기 때문이다. 바람이 세차게 불거나 비가 오거나 벌레들이 달려들면 생명이 위태로울 수 있다.

붙음뿌리가 길을 만들고 나면 잎을 준비한다. 제때 잎을 만들지 않으면 햇볕을 얻을 수 없고 붙음뿌리가 만든 길도 소용이 없어진다. 잎을 만들고 나면 꽃을 피운다. 모든 일에는 순서가 있다. 꽃을 먼저 피웠다가는 바람이나 비에 언제 훅 날아가버릴지 모른다. 짧은 가지 끝이나 잎의 겨드랑이에 피는 황록색의 꽃은 매우 작아서 눈에 잘 띄지 않는다. 제법 큰 잎이 꽃을 가려주어 사람들도 눈치채지 못한다. 내게는 얼마나 다행스러운 일인지 모른다. 만약에 내가 꽃을 더 크게 피웠다면 사람들이 가만두지 않았을 것이다. 나를 자세히 살펴본 사람은 암술 1개와 수술 5개가 만나 꽃가루받이를 끝낸 후 꽃을 피운다는 것을 안다.

꽃을 피우고 나면 한결 여유로운 시간을 가질 수 있지만 그래도 방심할 수는 없다. 열매도 만들어야 하고, 굴뚝 끝까지 올라가기 위한 힘도 길러야 한다. 내가 굴뚝 끝까지 기를 쓰고 올라가려는 것은 그렇게 하지 않으면 언제 몸 전체가 땅으로 떨어질지 모르기 때문이다. 오로지 살기 위해 오르는 것이다.

사람들은 내가 올라가는 모습을 보고 '산을 오르는 호랑이' 같다고 해서 '파산호(爬山虎)'라는 별명을 지어주었다. 호랑이처럼 강인하다는 찬사 같지만, 나의 심정을 충분히 헤아린 별명이 아니라 겉모습만 보고 붙인 것이다. 나는 이 별명보다 또 다른 별명인 '땅의 비단(地錦, 지금)'을 좋아한다. 땅이 아닌 굴뚝에 붙어살고 있지만 딱딱한 벽을 덮고 있는 나를 보면 곱고 부드러운 비단 같은 느낌을 준다. 비단은 아름답고 고급스러울 뿐만 아니라 덮고 있는 대상을 유연하게 감싸주는 옷감이라는 면에서 '땅의 비단'은 내게 최고의 찬사와도 같다.

사람들은 내가 올라가는 모습을 보고 무조건 올라가려고만 한다고 생각하지만 그렇지 않다. 올라가기만 하고 멈추지 않는다면 균형을 잃어 죽을 수 있다. 균형을 잡으려면 멈추어야 하고 다시 내려가야 한다. 어느 지점에서 언제 내려가야 할지를 결정하는 게 올라가는 것 이상으로 중요하다. 더 올라가면 균형을 잃어 떨어지거나 고립될지 모를 그 지점에서 멈추어야 한다. 그리고 그때 내려놓아야 삶을 보전할 수 있다.

올라가는 일도 쉽지 않지만 내려오는 것은 더 어려운 법이다. 두렵고 불안해서다. 현재 상태가 나쁘지 않거나 더 올라가고 싶은 욕망이 크면 더 힘들 수 있다. 그래서 한번 올라간 곳에서 내려오지 않으려고 안간힘을 쓰는 이들이 많은 것이다. 그들에게 나의 이야기를 들려주고 싶다.

진정한 성공이란 무엇일까? 행복한 삶은 어떤 삶일까? 생존을 위해서, 목표 달성을 위해서 오르고 오르다가도 그 어느 지점에서는 멈추고 다시 내려올 줄 아는 것이 진정한 성공이고 행복한 삶 아닐까?

등

• 고향: 한국 • 부모: 콩 • 학명: *Wisteria floribunda* (Willd.) DC.

• 소속: 갈잎덩굴나무 • 나이: 50살

• 사는 곳: 경북 경주시 남산 1길 17

삶과 죽음의 공존법

왜 사람들은 나를 등(藤)이라 했을까? 그 이름 탓에 나는 친구들에게 '등신'이라는 놀림을 받아야 했다. 이름을 바꾸고 싶었지만, 한 번 정해진 이름은 내 맘대로 바꿀 수 없었다. 설령 바꿀 수 있다고 해도 처음에 각인된 이름은 쉽게 지워지지 않는다. 때로 참등, 왕등, 조선등으로 불리기도 하지만 사람들은 99% 등으로 알고 있다.

내가 등이라는 이름을 갖게 된 것은 뭔가를 감고 올라가기 때문이다. 거기엔 일정한 법칙이 있다. 주로 오른쪽으로 감아 올라간다는 것이다. 그렇다고 반드시 오른쪽으로만 감아 올라가는 것은 아니고 간혹 상황에 따라 왼쪽으로 감아 올라가기도 한다. 나와 부모가 같은 칡은 보통 왼쪽으로 감아 올라가기 때문에 중국 사람들은 나와 칡이 서로 반대로 감아 올라가는 모양을 보고 '갈등(葛藤)'으로 표현하기도 했다.

내가 뭔가를 감아 올라가는 것은 덩굴성 나무이기 때문이다. 덩굴성 나무는 줄기가 가늘어서 스스로는 균형을 잡을 수 없고 어떤 대상을 감아야만 살아갈 수 있다. 그럴 만한 대상이 없을 때는 스스로 감고 올라가는 수밖에 없다. 그 모습은 마치 사람이 맨손으로 줄을 타고 올라가는 것과 흡사하다.

내가 사는 곳은 서출지(書出池. 사적 제138호) 근처의 주차장이다. 나는 동료들과 함께 주차장 한가운데의 아주 넓은 자리를 차지하고 있다. 줄을 지어 집단으로 살고 있어서 적적하지 않아 좋다.

서출지는 꽤 알려진 유적지다. 글자 그대로 '글이 나온 연못'이라는 뜻이다. 전설에 따르면, 신라의 소지왕이 산책을 하던 중 쥐가 나타나 까마귀를 따라가라고 했고, 신하를 시켜 가보게 했더니 연못 한가운데에서 노인이 나타나 활로 거문고집을 쏘라는 내용이 담긴 봉투를 건넸다. 왕이 궁으로 돌아와 봉투에 적힌 대로 거문고집을 쏘게 하니 계략을 꾸미던 중과 궁녀가 화살에 맞아 죽었다. 이렇게 연못에서 나온 글로 계략을 막았다고 해서 이름을 서출지라고 했다.

사람들이 이곳을 가장 많이 찾는 계절은 여름이다. 배롱나무 꽃과 연꽃을 보기 위해서다. 사람들은 더위를 피하기 위해 대부분 내가 드리운 그늘 아래로 들어오고 돌 의자에 앉아서 쉬거나 이야기를 나눈다. 하지만 내가 어떻게 사는지, 잎은 어떻고 어떤 꽃을 피우는지는 살펴보지 않는다. 유적

균형은 나와 담쟁이덩굴 같은 덩굴성식물뿐 아니라

자연과 인간, 우주에 통용되는 가장 중요한 섭리다.

지도 대충대충 훑어볼 뿐이다. 가끔 담배를 피우는 이들도 있다. 금연 표시도 무시하고 피우다가 꽁초를 내 몸에 쑤셔 넣어 불을 끈다. 남의 고통은 나 몰라라 하는 상식도 예의도 없는 사람들이다.

여름철을 제외하면 찾는 사람이 눈에 띌 정도로 적고, 내가 꽃을 피우는 봄철에도 한산한 편이다. 보랏빛으로 빛나는 꽃이 얼마나 예쁘고 탐스러운지 알지 못하는 사람이 많다.

나는 13~19개의 어긋한 잎을 달고 있고, 가지 끝에서 나비 모양의 꽃을 피운다. 풍성한 꽃차례는 아래로 축 처진다. 내가 꽃을 나비처럼 만든 것은 훨훨 날고 싶은 마음의 표현이기도 하지만, 수분을 도와주는 벌을 유혹

하기 위해서다. 그래서 진한 향기도 내뿜는다. 동료들 가운데 아주 드물게 흰 꽃을 피우는 경우도 있지만, 나는 보랏빛 꽃에 자부심을 느낀다. 보랏빛은 벌들도 좋아하지만 사람들도 좋아하는 고귀한 색이다. 사람들은 보라색이 빨주노초파남보의 7가지 색 중에서 마지막 색으로 모든 색을 아우른다며 특별히 여긴다. 내 꽃을 관찰하면 맨 위쪽 꽃잎 가운데 노란색 무늬를 볼 수 있다. 이를 알아보는 사람은 극히 적다.

내 열매는 작두콩처럼 생겼다. 만져보면 부드러운 털이 덮여 있다. 주렁주렁 매달린 열매를 보면서 사람들은 어떤 생각이 드는지 입가에 묘한 웃음을 짓는다.

나는 근처의 헌강왕릉과 정강왕릉을 보러 오는 사람들을 좋아한다. 그들은 대부분 여유를 아는 사람들이다. 왕릉을 둘러보고 나서 내가 만든 그늘로 와서 여유 있게 쉬다가 가는 그들을 보면 나의 역할을 다하는 것 같아 마음이 흐뭇하다. 모두가 각자의 자리에서 자신의 역할을 충실히 한다면 세상은 보다 평화로울 수 있을 것이다.

내 몸은 꽈배기처럼 꼬여 있기 때문에 중간중간 살이 맞닿아 몸속을 파고들기도 한다. 그래서 속살이 쉬이 썩곤 한다. 그나마 속살이 꽉 차서 살아가는 데는 큰 지장이 없다. 또 썩은 속살이 부스러기가 되어 떨어지기도 하지만 몇 줄기가 한 묶음처럼 얽혀 있어 쓰러질 염려는 거의 없다.

사람들은 이 같은 형상을 기이하게 생각하고 관심을 보인다. 죽음과 삶이 공존하는 듯한 모습이 자신들에게는 없는 독특한 현상이라서 그러는

나무들이 썩어도 나쁜 냄새를
풍기지 않는 것은 먹는 것이 달라서다.
냄새는 먹는 것이 좌우한다.

것이다. 썩은 부위에서도 역겨운 냄새가 나지 않는다. 나를 포함한 나무들이 썩어서도 역한 냄새를 풍기지 않는 것은 먹는 것이 달라서다. 냄새는 먹는 것에 좌우된다. 내가 먹는 것은 주로 물과 햇볕이다. 그러니 썩어도 나쁜 냄새를 풍기지 않는 것이다.

살면서 주의하는 것이 있다. 균형 잡기다. 균형은 나와 담쟁이덩굴 같은 덩굴성식물뿐 아니라 자연과 인간, 우주에 통용되는 가장 중요한 섭리다. 나는 쓰러지지 않기 위해 뿌리 근처에 가느다란 뿌리를 또 만들어 고정시켜놓았다. 한 번 쓰러지면 다시 일어나기가 어려우므로 늘 세심한 주의를 기울인다.

나는 몸의 균형 유지에 최선을 다하지만 마음의 균형에도 노력을 들인다. 살다 보면 불가피하게 나의 최선을 배반하는 일들이 생기게 마련이지만, 그래도 마음의 균형만은 잃지 않으려고 노력한다. 시시때때로 변하는 상황이나 주변의 관심에 초연해지려고 한다. 관심은 나를 기쁘게도 하지만 힘들게도 하며, 상황에 따라 바뀌는 마음들도 이상한 것이 아니다. 세상은 그렇게 서로 다른 복잡한 마음이 얽히고설켜 돌아가는 법이다. 그래서 스스로 마음의 균형을 잡는 것이 중요하다.

배롱나무

• 고향: 중국 • 부모: 부처꽃 • 학명: *Lagerstroemia indica* L.
• 소속: 갈잎중간키나무 • 나이: 200~300살
• 사는 곳: 대구광역시 동구 신숭겸길 17 표충단

힘든 시간을 버티게 하는 힘

나는 사람들이 죽은 이를 위해 선택하는 나무를 대표하는 나무다. 여기에는 특별한 의미가 있다. 사람들은 나의 붉은 꽃이 변치 않는 마음, 즉 단심(丹心)을 상징한다고 여겼다. 그런데 지구상에 살고 있는 나무들 중에서 붉은 꽃을 가진 나무는 아주 많다. 굳이 나를 선택한 이유가 무엇일까?

중국에서는 나를 천자의 나무로 받들었다. 이름도 '북극성의 꽃'이라는 뜻에서 자미화(紫薇花)로 불렀다. 북극성은 천자를 비유하고 북극성의 다른 이름이 자미성이므로 자미화는 곧 천자의 나무다. 사람들은 모든 것에 서열을 매겼고 가장 높은 위치에 있는 것을 북극이라고 보았다. 그래서 가장 높은 사람은 언제나 북쪽에 앉았고, 그를 중심으로 왼쪽이 동쪽, 오른쪽을 서쪽으로 삼았다. 조상이나 선생을 모신 사당도 북쪽에 두었다.

내가 이곳에 심어진 것은 후삼국시대 신숭겸 장군이 공산전투에서 자신의 주군인 왕건을 위해 목숨을 바친 일을 기념하기 위해서였다. 조선시대의 경상도 관찰사 유영순이 장군의 고귀한 죽음을 흠모하여 나를 이곳에 심은 것이다. 나는 여기에 살면서 늘 희생의 가치에 대해 생각했다.

누군가를 위해 목숨을 바친다는 것이 어떻게 가능할까? 무엇이 자신의 목숨까지 내놓게 만드는 걸까? 명예일까, 존경심일까? 아니면 후손을 위한 사랑일까?

나는 현재 신숭겸의 숭고함을 기리기 위해 지은 표충단(表忠壇)에서 살고 있다. 표충단은 '충성을 드러낸 제단'이라는 뜻이다. 주위에 나를 포함한 5그루의 배롱나무가 있다. 동서남북, 그리고 중앙 그 어디에서도 조상을 지켜주기를 바라는 뜻으로 5그루를 심었다. 간혹 표충단을 신숭겸의 무덤으로 오해하는 사람들이 있지만, 그의 무덤(강원기념물 제21호)은 강원도 춘천시 서면에 자리하고 있다.

표충단은 대구광역시에서 손꼽히는 관광 명소이고, 결혼을 앞둔 예비부부들이 즐겨 찾는 사진 촬영지이기도 하다. 나는 그들이 찾아오면 무척 반갑다. 젊은 예비부부가 고즈넉한 표충단에 생기를 불어넣어주기 때문이다. 내가 꽃을 피우는 초여름에 주로 찾아오지만, 간혹 눈이 내린 뒤에 오는 경우도 있다. 눈 내리는 표충단은 그야말로 장관이다. 고풍스러운 건물과 나무들, 조형물과 산이 어우러진 풍경에 눈이 내려 쌓이는 장면이 감탄을 자아낸다. 예비부부들은 토끼처럼 깡충깡충 뛰거나 서로 손을 잡고 빙

누군가를 위해 목숨을 바친다는 것이

어떻게 가능할까?

무엇이 자신의 목숨까지

내놓게 만드는 걸까?

빙 돌면서 즐거운 표정으로 사진을 찍는다. 특히 표충단의 동쪽 담 옆에 있는 어린 배롱나무 아래에서 취하는 귀여운 포즈는 절로 미소를 짓게 한다.

나는 단체 관광객들에게 표충단을 안내하는 문화해설사의 설명을 종종 듣는다. 내용이 재미있어서가 아니라 마이크 소리가 크게 울리기 때문이다. 표충단은 워낙 조용해서 육성만으로도 충분한데 마이크를 사용하니 귀에 거슬릴 때가 한두 번이 아니다. 그러던 중 문화해설사의 이야기를 귀담아들은 적이 있다. 927년 팔공산에서 후백제 견훤과 고려 왕건이 크게 싸울 때의 이야기다. 왕건이 죽음의 위기에 처했을 때 부하인 신숭겸 장군이 순간의 기지를 발휘하여 왕건을 구했다는 내용이다.

신숭겸은 왕건이 견훤의 군대에 포위당하자 그를 구하기 위해 급히 왕건의 전투복과 자신의 옷을 바꿔 입고 왕건을 피신시켰다. 견훤의 군대는 입은 옷을 보고 신숭겸이 왕건인 줄 알고 그를 집중 공격해 죽였고, 왕건은 신숭겸의 기지로 죽음을 면하고 패잔병을 이끌고 구미 도리사를 거쳐 북쪽으로 도망갔다.

이곳 사람들은 신숭겸이 발휘한 기지를 높이 평가하여 자신들이 사는 동네를 지묘동(智妙洞)이라고 부른다. 그밖에도 이 지역에는 반월당, 은적사, 무태동 등 왕건과 관련한 지명이 적지 않다.

문화해설사의 설명을 듣고 나서 나는 생각이 달라졌다. 신숭겸 장군에 대한 존경심과 함께 누군가를 위해 헌신하는 것도 의미 있는 삶이라는 생각이 들었다. 그런 사람을 모신 곳에 있다는 사실이 자랑스럽게 느껴졌다.

몰랐을 때 가졌던 불만도 눈 녹듯 사라지고, 이곳 관리인과 신숭겸의 후손인 평산 신씨들에게 감사하게 되었다. 그들은 매일같이 쓰레기를 줍고 나의 상태를 점검한다. 내가 지금까지 큰 탈 없이 사는 것도 이들의 꾸준한 돌봄 덕분이다.

언제부턴가 내 몸 안에 개미들이 둥지를 틀고 살기 시작했다. 썩은 줄기에 난 구멍으로 들락거리는가 싶더니 어느새 그들만의 왕국을 만들어버렸다. 처음에는 내심 걱정했지만, 이제는 그런 개미들이 싫지 않다. 썩은 부위가 더 이상 썩지 않게 도와주기 때문이다. 구멍 사이로 왕래하면서 물기를 빨아들여 부식의 진행을 막아주고 있다. 그런 걸 보면서 생명의 질서를 만들고 유지해가는 자연의 오묘한 이치를 새로이 깨닫는다.

내가 꽃을 피우는 동안 하루도 빠짐없이 찾아오는 두 남녀가 있었다. 비가 오건 바람이 불건 거의 같은 시각에 와서 유심히 꽃송이를 살펴보곤 했다. 한번은 6개의 꽃잎을 일일이 세고 나서 뒤쪽을 보고는 꽃잎마다 꽃받침이 달려 있는 것을 발견하고 놀라는 표정을 지었다. 꽃받침이 없으면 꽃잎이 바람에 쉬이 떨어진다. 두 사람은 서로에게 기댈 수 있는 받침이 되어 함께 걸어갈 앞날을 그려보는 듯 생각에 잠기기도 했다. 또 어떤 날엔 암술대 1개를 수술대 30~40개가 둘러싸고 있는 모습을 한참 동안 들여다보면서 살포시 미소를 짓기도 했다. 나는 다정해 보이는 연인의 동작과 표정 하나하나를 지켜보면서 마음이 흐뭇해졌고, 두 사람이 만들어갈 미래가 알찬 열매를 맺을 수 있기를 기원했다.

내 꽃을 좋아하는 사람들이 가끔 놀라는 경우가 있다. 붉은색이 아닌 다른 색깔의 꽃을 본 것이다. 조상의 묘소에 배롱나무를 심어놓은 사람들은 놀라다 못해 당혹스러워한다. 분명 붉은색 꽃이 필 줄 알았는데 흰색이나 연보라색, 연분홍색 등의 꽃이 피어 있어서다. 내 동료들은 대부분 붉은색의 꽃을 피우지만, 간혹 다른 색의 꽃을 피우는 동료도 있다.

표충단은 5그루의 배롱나무가 한꺼번에 꽃을 활짝 피우면 온통 환하게 빛난다. 우리의 노력과 정성이 빛을 발하는 순간이다. 장군을 위해서라면 우리는 무엇이든 할 수 있고, 할 준비가 되어 있다. 장군이 보여주었듯이 그것이 진정한 사랑이라고 믿는다. 옛 사람들은 그런 사랑을 '충(忠)'이라 부르며 모두가 본받아야 할 숭고한 가치로 떠받들었다.

이곳을 찾는 사람들은 내가 피운 붉은 꽃에서 삶의 가치를 되새기며 다시금 에너지를 얻고 간다. 나도 덩달아 꽃이 피어 있는 100일 동안 즐겁고 뜻깊은 경험을 영위한다. 사람들은 내가 100일 동안이나 꽃을 피우는 것을 보며 매우 신기해한다. 보통의 꽃들은 화무십일홍(花無十日紅)이라고 해서 10일을 넘기지 못하는데 100일이나 꽃을 피우고 있으니 그럴 만도 하다. 힘들어서 어떡하느냐며 동정의 시선을 보내는 사람도 있지만, 나는 개의치 않는다. 이미 사랑하는 존재에게 충분한 힘을 얻고 있으니 말이다.

그루 13

뽕나무

- 고향: 중국
- 부모: 뽕나무
- 학명: *Morus alba* L.
- 소속: 갈잎큰키나무
- 나이: 30살
- 사는 곳: 전남 강진군 성전면 월하안운길 100 – 63

당신의 무관심에 감사합니다

나는 어느 날, 한 마리의 새가 오디를 떨어뜨려 이곳에서 살게 되었다. 처음에는 미처 몰랐는데 살다 보니 참 좋은 곳이라는 걸 알았다. 한 가지 흠이 있다면 찾아오는 사람이 너무 많다는 점이다. 아름다운 경관에 차나무로 유명한 풍류의 고장으로 사람들의 발길이 끊이지 않는다. 하지만 마당 한가운데에 있는 내게 눈길을 주는 이는 손에 꼽을 정도다. 속상한 마음이 없지 않지만 내게는 그보다 크고 깊은 상처가 있다.

10여 년 전, 나는 갑자기 팔을 잃었다. 정확한 연유는 모르겠지만, 아마도 내가 자리한 위치 때문이었을 것이다.

전북 영암의 월출산 옥판봉 남쪽 자락에 위치한 백운동별서(白雲洞別墅)

는 대한민국에서 알아주는 정원이다. 조선 후기의 문인 이담로가 만들고 둘째 손자 이언길이 가족과 함께 살면서 완성했다. 이곳이 더 유명해진 이유는 1801년 겨울 강진에 유배 온 다산 정약용이 1812년에 백운동을 찾아서 《백운첩(白雲帖)》을 남겼기 때문이다. 백운동 12경을 노래한 이 책은 옥판봉(玉版峰), 산다경(山茶徑), 백매오(白梅塢), 홍옥폭(紅玉瀑), 유상곡수(流觴曲水), 창하벽(蒼霞壁), 정유강(貞蕤岡), 모란체(牡丹砌), 취미선방(翠微禪房), 풍단(楓壇), 정선대(停仙臺), 운당원(篔簹園) 등을 시와 그림으로 표현했다. 나는 그중 5경인 유상곡수의 윗자락에서 살고 있다. 유상곡수는 조선시대 선비들이 중국 동진시대의 문필가인 왕희지가 절강성 난정에 만든 유상곡수를 모방해 만든 풍류의 상징이다.

돌이켜보면 나의 운명은 새가 오디를 떨어뜨린 순간에 이미 정해졌다는 생각이 든다. 나는 성장하면서 점차 유상곡수에서 풍류를 즐기는 양반들의 눈에 띄기 시작했고, 주인도 손님들이 나에 대해 관심을 나타내자 더 주시했다. 주목을 받으면 어떤 변화든 일어난다.

내가 20살이 되었을 무렵, 주인이 톱을 들고 나타났다. 그러더니 일말의 망설임도 없이 동남쪽으로 난 나의 가지를 단번에 잘라버렸다. 순식간에 벌어진 일에 나는 넋을 잃고 말았다. 고통도, 주인을 원망할 겨를도 없었다. 앞으로 어떤 상황이 펼쳐질지는 더더욱 알 수 없었다.

팔이 잘려나간 뒤로 내 몸에 변화가 나타나기 시작했다. 중심이 점점 한쪽 방향으로 기울었고, 나도 모르게 그와 반대되는 방향으로 몸을 기울이는 버릇이 생겼다. 그 과정에서 잘린 가지의 상처를 아물게 하려고 무진 애를 썼지만 역부족이었다. 잘린 가지와 함께 잃어버린 몸의 균형을 되찾기 위해 노력했지만 그 또한 뜻대로 되지 않았고, 남은 상처는 오래도록 나를 괴롭혔다. 의지할 만한 나무들도 없어 오로지 홀로 감내해야 했다.

팔을 잃은 지 10년이란 세월이 지났다. 혼자 견뎌야 했던 시간은 고달팠고 주인을 한없이 원망하기도 했지만, 지금은 그렇지 않다. 어느덧 주인을 이해하고, 차(茶)에 대한 주인의 사랑에 마음을 달랠 수 있었던 것이다.

주인이 가지를 자른 것은 손님들이 못마땅하게 여겼기 때문이다. 길게 뻗은 나의 가지가 유상곡수의 풍류를 방해한다는 것이다. 또 양반들은 마당에 나무 심기를 꺼렸다. 나무가 그늘을 만들어 건강에 해로울 뿐 아니라 자칫 바람에 쓰러지기라도 하면 화를 당할 수 있다는 것이었다. 한자 곤(困)은 '집 안에 나무가 있으면 힘들다'는 뜻이다.

내가 주인을 탓하지 않는 또 다른 이유는 차에 대한 주인의 유별난 사랑이다. 주인이 즐겨 마시는 옥판차는 이 지역을 대표하는 명차(名茶)로 12경 중 1경에서 이름을 따왔다. 주인은 아침에 일어나면 제일 먼저 옥판차를 마셨다. 그럴 때마다 퍼지는 향이 참 좋다. 내 몸마저 정갈해지는 느낌을 준다.

차의 효능은 익히 오래전부터 알려져 있었다. 중국 당나라 때의 문인 육우가 집필한 세계 최초의 차 전문서인 《다경(茶經)》을 비롯하여 많은 책들에서 육체와 정신을 치유하는 차의 효험을 언급했고, 중국 청나라 육정찬의 《속다경(續茶經)》과 유원장의 《다사(茶史)》, 조선시대 이목의 《다부(茶賦)》, 일본 에이사이의 《끽다양생기(喫茶養生記)》 등에서는 차가 만병통치의 효력이 있다고 기록했다.

내게는 차 하면 떠오르는 장면이 있다. 언젠가 보았던 결혼식이다. 주인이 차를 마시던 곳에서 치러진 '차혼(茶婚)'이다. 이곳에서 한복을 입고 전통 혼례를 올리는 것은 종종 보았지만, 차를 차려놓고 평생을 기약하는 차혼식은 난생 처음이었다. 그들은 또 차씨를 폐백으로 사용했다. 그것은 부부의 연을 지키겠다는 의미인 동시에 진하면서 향기로운 차처럼 백년해로할 수 있을 거라는 믿음과 기대의 표현이었다. 근처의 배롱나무도 꽃을 피

삶은 아이러니한 면이 많다.

쓰임이 적은 존재가 오히려 편한 삶을 산다.

워 그들의 차혼식을 축하했다. 일편단심을 상징하는 배롱나무의 꽃이 신랑 신부의 사랑을 영원히 맺어줄 것이었다. 그 결혼식은 내 기억에 가장아름다운 결혼식으로 남아 있다.

주인은 백운동 12경의 마지막인 운당원을 지나 펼쳐지는 너른 차밭에서도, 별서로 들어오는 숲속에서도 찻잎을 땄다. 찻잎을 따지 않는 시기에는 별서 입구의 동백나무 꽃을 바라보며 감상에 젖곤 했다. 이곳의 동백나무인 산다(山茶)는 제2경으로 꼽힐 만큼 기쁨과 즐거움을 선사한다. 동백나무는 '산에 사는 차나무'라는 뜻에서도 알 수 있듯이 차나뭇과의 늘푸른떨기

나무다. 주인은 또 늦가을에 피는 차나무 꽃을 특별히 아꼈다. 보통의 나무들과 달리 꽃과 열매가 만나는 실화상봉수(實花相逢樹)이기 때문이다.

주인의 지극한 차나무 사랑은 나의 삶을 편하게 하기도 했다. 많지는 않았지만 나의 잎으로 차를 달여 마시는 사람이 있었다. 주인은 단 한 번도 그런 적이 없다. 차밭이 있으니 굳이 나를 찻잎으로 사용할 필요가 없었던 것이다. 나는 그것에 감사했다. 만약 그가 찻잎으로 나의 새순을 선호했다면 내 삶은 엄청 고단했을 것이고 지금처럼 성장하지 못했을 것이다. 주인은 내가 만든 열매인 오디에도 관심이 없다. 그에 반해 다른 곳에 살고 있는 나의 동족은 쓰임이 많아 사람들에게 수난을 당한다. 어떤 지역에서는 오로지 잎을 생산하려고 나의 동족을 재배한다고 하니 그 삶이 얼마나 고될지 충분히 짐작할 수 있다.

삶은 아이러니한 면이 많다. 쓰임이 적은 존재가 오히려 편안히 살아간다. 쓸모가 적다고 탓하거나 부끄러워할 일이 아니다. 못생긴 나무가 오래 살아남아 산을 지키듯이 쓸모없음이 나를 살게 해주고 있다.

소태나무

• 고향: 한국 • 부모: 소태나무 • 학명: *Picrasma quassioides* (D. Don) Benn.
• 소속: 갈잎큰키나무 • 나이: 400살 • 명예: 천연기념물 제174호
• 사는 곳: 경북 안동시 길안면 송사시장길 104 길안초등학교 길송분교

믿음의 상실에
대처하는 자세

하나의 음식에는 한 가지 맛만 있는 것이 아니다. 사람들이 즐겨 마시는 커피만 해도 단맛, 쓴맛, 신맛이 있고, 오미자(五味子)에는 단맛, 신맛, 쓴맛, 짠맛, 매운맛 등 5가지 맛이 함유되어 있다. 찻잎 역시 단맛, 신맛, 쓴맛, 매운맛, 떫은맛 등 각기 다른 맛을 품고 있다.

나는 쓴맛을 상징하는 나무다. 사람들은 나를 소태나무라 부르고, 한자로는 고목(苦木)이라고 쓴다. 쓴 나무라는 뜻이다. 내가 쓴맛을 만든 것은 외부의 공격으로부터 나를 지키기 위해서다. 생존을 위한 나만의 방어 전략이다. 그런데 사람들에게는 나의 필살기가 전혀 먹히지 않는다. 쓴맛이 필요할 때마다 나를 잘라서 입맛대로 사용한다.

내가 사람들의 수탈에서 벗어난 것은 천연기념물로 지정되고 나서다.

그때부터 사람들은 나를 귀한 존재로 대우하기 시작했다. 대한민국의 소태나무들 중에서 제일 나이가 많고 유일한 천연기념물이라며 나를 깍듯이 모신다. 성황당까지 만들어 나를 보호하는 마을도 있다. 천연기념물이라고 해도 성황당으로 모시는 경우는 그리 많지 않고 그것도 대부분은 소나무인데, 극히 예외적인 경우다.

이곳 성황당 주변에는 여러 나무가 살고 있다. 나와 함께 느릅나뭇과의 갈잎큰키나무인 팽나무와 느티나무, 콩과의 갈잎큰키나무인 회화나무가 이웃해서 살고 있다. 이렇게 다양한 나무들의 숲에 포근히 안겨 있는 성황당은 숲에 대한 사람들의 믿음을 보여준다.

한국에서 성황 신앙이 성행한 것은 산이 많기 때문이다. 나무에 대한 신앙은 세계 어디서나 발견할 수 있지만, 성황 신앙은 유독 한국에서 발달했다. 그래서 예전에는 전국 어디를 가든 성황당을 쉽게 만날 수 있었다.

성황당에 사는 나무는 그 지역의 사람들이 귀하게 여기는 대상이다. 나 역시 오랫동안 사람들에게 존중받아왔다. 그런데 세태가 변했다. 이제는 성황신을 모시는 경우가 거의 없고, 남아 있는 성황당들도 초라하게 방치되어 있다. 매년 정월 보름에 나를 위해 행사를 열고 있는 이곳도 신앙심이나 관리 수준이 예전 같지 않고, 노인들도 성황신에게 자신의 운명을 맡기지 않는다.

나는 줄기가 2개다. 밑동에서 바로 올라온 2줄기가 멀리서 보면 마치 2

그루의 나무처럼 보인다. 가지는 별로 많지 않은 편이다. 암그루인 나는 작고 귀엽게 생긴 암꽃에서 황두(黃豆) 크기의 열매를 맺는다. 그러나 요즘에는 기력이 약해져서 많은 열매를 맺지 못한다. 그래도 죽는 날까지는 있는 힘을 다해 꽃을 피우고 열매를 만들려고 한다. 아무리 작은 것이라도 삶의 의미를 놓고 싶지 않다.

4, 50년 전만 해도 내 삶은 나름의 재미가 있었다. 놀이터에서 아무런 걱정 없이 즐겁게 노는 학생들을 볼 수 있었고, 가끔은 호기심 많은 학생이 가까이 다가와 인사를 건네기도 했고, 열매를 주워 놀이를 하는 학생들도 있었다. 어른들도 자신들을 지켜주는 수호신으로서뿐만 아니라 일상의 걱정이나 고민을 털어놓을 수 있는 편안하고 듬직한 존재로 나를 대하고 아껴주었다. 이제는 모두 지난날의 먼 얘기일 뿐이다. 성황당을 귀신이 사는 곳쯤으로 이해하는 학생들에게 나는 두려움의 대상이었고, 마을 어른들이나 학교 선생님들도 더 이상 나에 대해 말해주지 않는다.

그래서일까. 요즘 들어 괜스레 넋두리를 늘어놓는 일이 잦아졌다. 그런데 그러고 나면 마음이 한결 편안해짐을 느낀다. 속에서 일어나는 불평이나 불만, 잊히지 않는 지난날의 기억, 막연한 미래에 대한 소망을 주절주절 늘어놓다 보면 마사지를 받은 듯 어느새 아픔이 가시고 심신이 부드러워지는 느낌이 든다. 넋두리는 내게 외로움을 달래고 상처를 보듬는 좋은 방법이다.

과연 예전과 같은 날이 다시 올 수 있을까? 노랗게 물든 나의 잎들을 보

넋두리는 외로움을 달래고 상처를 보듬는 좋은 방법이다.

기 위해 곳곳에서 사람들이 찾아오고, 떨어진 잎으로 가위바위보 놀이를 하면서 즐거워하는 학생들의 모습을 볼 날이 올까? 엄마와 아빠, 그리고 아이가 시소 놀이를 하면서 석양에 빛나는 나를 감상하며 행복해하는 날이 왔으면 좋겠다. 살아 있는 동안 한 번만이라도….

그루 15

양버즘나무

• 고향: 북아메리카 • 부모: 버즘나무 • 학명: *Platanus occidentalis* L.

• 소속: 갈잎큰키나무 • 나이: 90살

• 사는 곳: 경북 영천시 임고면 포은로 491-2 임고초등학교

인간에게 이로운 나무는 어떤 나무일까?

상처는 크기와 관련이 없다. 작은 나무도, 큰 나무도 상처를 받는다. 나는 키가 커서 상처를 받은 경우라고 할 수 있다. 나의 동족은 보통 아무리 크게 자라도 20m 정도이고, 책에도 그렇게 기록되어 있다. 그런데 나는 그 2배인 40m까지 키가 자랐다. 내 옆에 살고 있는 나무도 제법 커서 자기 또래들보다 훨씬 큰 30m 이상의 키를 자랑한다.

식물학자들은 나를 양버즘나무라고 부르지만 대부분의 사람들에게는 플라타너스로 알려져 있다. 그러나 실제로는 조금 다르다. 플라타너스는 버즘나무다. 나랑 쌍둥이처럼 닮아서 사람들은 구분하지 못하지만, 나는 버즘나무 앞에 붙은 '양'에서 알 수 있듯이 서양에서 건너왔다. 그래서 학명에도 서양을 뜻하는 오키덴탈리스(*occidentalis*)라는 단어가 붙었다. 그에 반해 버즘나무는 동양이라는 뜻의 오리엔탈리스(*orientalis*)로 명명한다. 버즘나무의 학명도 나의 학명처럼 린네가 명명했다.

나는 잎이 돋을 즈음 둥근 암꽃을 만든다. 여린 잎들 사이로 피어나는 꽃송이의 둥근 모양이 탁구공처럼 생긴 열매와 비슷하게 생겼다. 열매는 긴 자루에 1개만 만드는데, 버즘나무는 보통 2~6개의 열매를 맺는다.

나는 학교가 들어설 때부터 이곳에서 살기 시작했다. 설립자가 나를 포함해서 7그루를 심었고, 잘 자라라며 간격을 충분히 넓게 잡아준 덕에 크게 자랄 수 있었다. 만약 간격을 촘촘히 해서 심었다면 성장에 방해를 받았을 것이고, 누군가는 뽑혀 다른 데로 이주당했을지 모른다.

나는 높이 자라기 때문에 줄기의 몸매가 완연히 드러난다. 그래서 주변의 온갖 시선을 받는다. 훌쩍하고 매끈한 내 모습이 멋있다며 탄성을 지르는 이들도 있다.

내 몸을 자세히 보면 다른 나무들과 다른 두드러진 특징이 있다. 줄기에 있는 얼룩 반점이다. 사람들은 이 반점이 사람의 얼굴에 피는 버짐을 닮았다고 해서 나를 '버즘'이라고 불렀다. 버짐이라 하지 않고 버즘으로 부른 것은 얼굴에 난 것과 구분하기 위한 것이다.

사람들은 크고 넓은 잎을 헛갈려 하기도 한다. 그래서 오동나무로 오해하는 사람이 많다. 어떤 사람은 목련과의 갈잎큰키나무 튤립나무의 잎을 보고 나로 착각하기도 한다. 모두가 잎들이 비슷해서 생기는 오해다. 뭐든 자세히 살펴보지 않으면 헛갈리기 쉬운 법이다. 하지만 사람들을 탓할 일 사람들이 당장의 이로움만 생각하지 않았으면 좋겠다.

건강한 나무가 사람에게도 이로운 법이다.

만도 아니다. 아주 오래전부터 나를 '프랑스 오동나무'로 불러왔기 때문이다. 나와 오동나무의 잎은 멀리서 보면 넓은 달걀형이다. 잎 모양이 3~5개로 갈라지는 나와 다르게 오동나무 잎은 갈라지지 않는다. 튤립나무의 잎은 네모난 모양으로 나나 오동나무와 많이 다르다.

사람들이 제일 좋아하는 것은 단연 잎이다. 특히 가을의 낙엽을 밟으며 걷는 낭만을 즐긴다. 운동장은 많은 사람으로 북적이고, 삼삼오오 모여 내가 떨어뜨린 잎을 줍거나 발로 건드리며 깔깔거린다. 또한 어린 시절의 초등학교를 회상하며 그들만의 추억에 흠뻑 젖어든다.

아이들은 나의 몸을 타고 올라와 하늘을 쳐다보고 땅을 내려다보면서 즐거운 시간을 보낸다. 나는 그런 모습이 보기 좋다. 아무것도 바라지 않고 그냥 좋아서 안아주는 아이들의 따뜻한 마음과 맑은 웃음소리가 나를 행복하게 한다. 아이들은 또 내가 만든 열매로 방울 놀이를 한다. 방울을 여러 개 주워 손에 잡고 흔들면 시계추처럼 서로 부딪혀 소리를 낸다. 그런가 하면 어떤 여학생은 열매로 머리를 묶는다. 그 모습을 지켜보며 웃어 보이는 학생도 있고, 좋아하는 여학생의 머리를 직접 묶어주는 남학생도 있다. 그들에게 변치 않는 친구가 되고 싶다. 언제 찾아와도 휴식과 즐거움을 선사할 수 있는 그런 존재이고 싶다.

한번은 아이들이 노는 모습을 보다가 불현듯 그날의 일이 떠올랐다. 학교에서 나를 비롯한 나무들의 가지를 일제히 잘라버린 것이다. 무성한 가지와 잎들이 태풍에 찢기거나 쓰러져 사람을 다치게 하거나 건물이 손상

을 입을까 봐 그런 것이다. 그 후로는 빛이 들어오지 못할 정도로 운동장을 가득 덮었던 크고 시원한 그늘을 만들 수 없었고, 나무들은 상처를 안은 채 살아가고 있다.

아이들과 달리 어른들은 나무를 이용 가치로만 판단하는 경향이 있다. 대한민국에서 가장 큰 양버즘나무라는 사실은 자랑스러워하면서도 떨어진 낙엽을 치우는 일은 몹시 귀찮아하고, 나무의 그늘에서 더위를 식히면서도 조금 위험하다 싶으면 톱과 낫을 들고 나타난다.

나는 사람들이 당장의 이로움만 생각하지 않았으면 좋겠다. '건강한 나무가 사람에게도 이롭다'는 사실을 잊지 않기를 바란다. 아이들의 놀이터가 되어주고 시원한 그늘을 만들어준 나의 존재를 기억하고 한때 무성했던 나의 잎들을 그들의 좋은 추억으로 간직해주기를 바란다. 어떤 상황에서도 자연의 이치대로 꿋꿋이 살아가는 나를 보면서 자신만의 여유와 즐거움을 찾으라고 말해주고 싶다.

가이즈카향나무

• 고향: 중국 및 일본 • 부모: 측백나무 • 학명: *Juniperus chinensis* var. *Kaizuka* Hort
• 소속: 늘푸른큰키나무 • 나이: 50살
• 사는 곳: 경남 밀양시 부북면 추원재길 58

가장 아름다운
사람의 모습

사랑은 얄궂은 운명의 장난 같다. 사랑이란 이름으로 자신의 모든 걸 다 바칠 것처럼 굴다가도 어느샌가 상대방을 구속하려 든다. 아름다운 구속이라는 말로 그럴듯하게 포장하지만, 아름다운 자유라면 모를까 아름다운 구속은 사랑이라고 할 수 없다. 진정한 사랑은 아무런 대가를 바라지 않는다.

나의 주인은 어느 쪽일까? 나를 사랑하는 마음으로 이곳에 살게 했다면서 왜 주위에 담을 둘렀을까? 사랑한다면서 담 안에 가둔 까닭은 무엇일까? 너무 사랑해서일까? 사랑이 소유욕으로 변질되어 구속하려는 것은 아닐까?

내가 이곳에 살게 된 것은 주인의 조상이 태어난 곳이기 때문이다. 점필

재 김종직이 그 조상이다. 그는 조선시대를 대표하는 도학자다. 조선에서 가장 뛰어난 현인을 가리키는 동방 5현(東方五賢) 중에서도 으뜸으로 꼽히는 한훤당 김굉필과 일두 정여창을 제자로 키운 인물이다. 후손들이 나를 이곳에 심은 것은 그러한 김종직의 정신을 잇기 위해서였다.

김종직의 정신은 곧 공자의 정신이기도 했다. 공자가 직접 심은 향나무가 그의 사당에 있는 예를 따라 나도 김종직이 살던 집인 추원재(追遠齋)에 살게 되었다. 하지만 나는 사실 김종직의 정신을 계승할 수 있는 나무가 아니다.

나는 향나무와 비슷하지만 향나무가 아니다. 가장 큰 차이는 잎이다. 향나무 잎은 만지면 아플 정도로 까칠하지만, 내 잎은 부드럽다. 그런데도 사람들은 그 사실을 모른다. 김종직의 후손들도 예외가 아니다.

내게 이름을 붙인 사람은 나의 고향을 중국과 일본이라고 기록했다. 한국인들은 주로 일본식 이름을 사용한다. 오사카의 가이즈카에서 많이 살고 있어서다. 일본에서는 패총(貝塚)으로 표기한다. 하지만 그것은 지명에 불과할 뿐 나의 속성과는 거의 무관하다. 중국에서는 나를 나사백(螺絲柏)이라고 부른다. 가지가 소라 모양의 실처럼 생겼기 때문이다. 이곳의 주인과 후손들은 나의 자세한 이력도 모른 채 단지 겉모습만 보고 향나무인 줄 알고 있었다.

내가 처음부터 담장에 갇혀 산 것은 아니다. 어느 날 갑자기 주인이 없던 담을 쌓아 오늘에 이르렀다. 나는 아직도 주인이 담을 쌓게 된 이유를 잘 모른다. 나를 다른 곳으로 옮겨버리지 않은 것을 다행으로 여길 뿐이다. 담에 막혀 운신하기가 힘들어진 나는 몸이 S자 모양으로 휘어지고 말았다. 사람들은 이런 내 모습을 보고 하늘로 올라가는 용 같다고 말하기도 하지만, 꿈보다 해몽이요 나의 속사정을 모르고 하는 소리다. 용이 아닌 나무로 구불구불하게 산다는 건 아주 힘겨운 일이다. 줄기는 추원재 마당으로 들어가 있고 줄기의 끝은 균형을 맞추려고 반대 방향으로 틀어져 있다.

평평한 곳에서 별 걱정 없이 사는 담장 근처의 동료들을 보면 주인에 대한 원망이 고개를 든다. 마당 안의 모과나무, 감나무, 단풍나무 등은 열린 공간의 좋은 조건에서 살면서 감옥 안에 갇혀 있는 나를 측은하게 바라보곤 한다.

추원재를 찾아오는 사람은 그리 많지 않다. 김종직이라는 인물은 유명하지만 외진 곳에 떨어져 있기 때문이다. 그런데 한적한 이곳을 자주 찾아오는 두 사람이 있었다. 그들은 올 때마다 마루에 자리를 잡고 앉아 미리 준비한 차를 천천히 따라 음미하면서 마셨다. 추원재는 정면 6칸, 측면 1칸에 맞배지붕의 독특한 구조다. 그 안에 앉아서 조용히 차를 마시는 그들의 모습은 내가 본 사람들 중에서 가장 아름다웠다. 속세를 떠난 자유인 같기도 하고, 평화를 사랑하는 자연인처럼 보이기도 했다. 그들은 차를 마시기 전에 꼭 추원재 뒷산에 있는 김종직 선생의 묘소에 헌다례(獻茶禮), 즉 차를 올리는 의식을 행한다. 김종직 선생이 얼마나 차를 좋아했는지 잘 아는 것이다. 선생은 경남 함양에서 벼슬살이를 할 때 차세(茶稅)로 고통받는

백성들을 위해 차밭을 조성하기도 했다. 엄천사 터에 아직도 차밭이 남아 있다.

비가 억수같이 쏟아지던 날, 두 사람이 차를 마시던 광경을 잊을 수 없다. 그날도 그들은 김종직 선생 묘소에 가서 차를 올리고 나서 흠뻑 젖은 옷을 수건으로 닦은 다음 오른쪽 다락방으로 올라갔다. 신문지를 깔고 앉은 그들은 비가 오는 소리를 들으며 따뜻한 차를 따르고 마시면서 세상 편한 얼굴로 담소를 나누었다. 문을 열어놓고 내 몸을 타고 내리는 빗줄기를 지긋이 바라보기도 했다.

어찌 된 일인지 최근에는 두 사람이 보이지 않는다. 지난 가을에 다녀간 뒤로 더 이상 발걸음을 하지 않았다. 나는 은근히 그들이 기다려진다. 바깥세상에서 온 그들을 통해 담 너머의 세상과 연결된 듯한 느낌을 받곤 했는데 도통 오지 않으니 아쉽고 궁금하다.

그들이 올 때마다 내게 건넨 안부 인사는 참으로 정겹고 따뜻하여 감옥에서 풀려난 듯한 해방감을 느끼게 해주었다. 그들이 담벼락에 올려놓고 간 모과도 내게 위안을 주었다. 떨어진 모과를 주워서 갖고 있다가 떠날 때면 으레 그렇게 했던 것이다. 나는 모과가 전하는 진한 향을 맡으며 절로 마음이 편안해졌다.

두 사람은 언제 다시 이곳을 찾을까? 왠지 올해는 그들을 볼 수 있을 것만 같다. 언젠가 문득 소리 없는 바람처럼 찾아와서는 마루에 앉아 나를 지그시 바라보며 한가로이 차를 마실 것이다.

차나무는 꽃이 피고 나서 열매를 맺는 실화상봉수다. 이듬해 꽃이 필 때까지 열매를 떨어뜨리지 않아 꽃과 열매가 1년 만에 다시 만난다. 나는 차나무의 열매와 꽃이 만나듯 그들이 나를 찾아와 정겹게 말을 걸어줄 것이라 믿는다.

메타세쿼이아

• 고향: 중국　• 부모: 낙우송　• 학명: *Metasequoia glyptostroboides* Hu & W.C.Cheng

• 소속: 갈잎큰키나무　• 나이: 35살

• 사는 곳: 대구광역시 북구 팔거천동로 52

생존에 치명적인 환경에서 살아남기

모든 생명은 그 자체로 존중받아 마땅하다. 어떤 이유로든 함부로 대해서는 안 된다. 하지만 현실은 누구나 인정하는 당연한 가치와 거리가 먼 모습이다.

나는 10살 무렵 이곳으로 왔다. 그전에는 어느 농가의 밭에서 그럭저럭 살고 있었는데, 주인이 돈을 받고 아파트 조경업자에게 팔아넘겼다. 조경업자는 나를 파낸 뒤 새끼줄로 뿌리를 꽁꽁 묶어 트럭에 싣고는 이내 아파트로 달려갔다. 차가 도착하자마자 기다리고 있던 사람들이 빠르고 거친 손길로 나를 차에서 내리더니 미리 파놓은 구덩이에 바로 집어넣었다. 이 모든 일이 숨 돌릴 틈도 없이 순식간에 이루어졌다.

그들은 왜 나를 이곳으로 데려왔을까? 특별한 이유 때문이 아니라 단지 빨리 자라서 눈에 잘 띄기 때문이다. 단기간에 주변 경관을 꾸미는 데 적합한 나무로 나를 선택한 것이다. 유행도 한몫했다. 한국인은 유행에 민감하다. 사람들에게 인기가 있다고 하면 그 즉시 따라 하려 하고, 환경에 맞는지 여부는 묻지도 따지지도 않는다. 요즘 메타세쿼이아가 대세라고 하니 밭에 살던 나까지 호출하여 아파트로 가져온 것이다.

나는 여기에 온 후로 하루도 마음 편히 지낸 날이 없다. 매일매일 가슴을 졸이며 살았다. 언제 어느 때 몸의 한 부분이 잘려나가거나 죽임을 당할지 모르기 때문이다. 이곳에 데려올 때 나의 적성을 고려하지 않았던 것처럼 내가 주민들의 생활에 불편을 준다고 생각되면 언제든지 버릴 수 있다는 사실을 잘 알고 있다. 아니나 다를까. 여기에 정착한 지 몇 년이 안 되어 그동안 애써 뻗은 가지를 잘리고 말았다.

나는 이곳에서 아파트 높이만큼 자랄 수도 없고, 단지 밖의 길 쪽으로 가지를 뻗어서도 안 된다. 나를 불쌍하게 여기는 주민이 가끔 항의하는 경우가 있지만, 안전 때문에 어쩔 수 없다는 기계적인 대답만 돌아올 뿐이다.

인간은 나무 없이는 한시도 살 수 없다. 나처럼 '위대한 생명력'을 지닌 나무는 더 말할 나위가 없다. 그런데도 사람들은 나에 대해 아는 것이 없다. 자신들이 호흡하는 신선한 공기를 만들어준다는 것도, 매일 차에서 내뿜는 매연을 정화해준다는 것도 잊고 산다. 당연히 내가 얼마나 높이 자랄 수 있는지에 대해서도 알지 못한다. 레드우드(red wood)로 불리는 미국산

삼나무는 무려 120m까지 자라는 나의 형제로 세계에서 가장 큰 키를 자랑한다.

나는 현재 한국의 나무들 중에서 은행나무, 소철과 더불어 '살아 있는 화석'으로 불릴 만큼 오래된 종이기도 하다. 그런데도 대접을 받기는커녕 수시로 박해를 당하면서 생존을 위한 잎조차 피우기가 어려운 지경에 처해 있다.

나의 잎은 부드럽고, 서로 마주나는 모양이 가지런하고 싱싱한 느낌을 준다. 자세히 보지 않으면 나의 부모인 낙우송과 혼동할 수 있다. 2장의 잎이 끝까지 마주나는 나와 달리 낙우송은 끝부분이 홀로 되어 있다. 노랗게 물들고 나면 새의 깃처럼 나는 듯이 떨어진다. 그 모습에 사람들이 탄성을 지른다. 나의 부모 이름이 낙우송(落羽松)인 이유를 알 수 있다. 또 나의 밑

하늘 높이 자라는 나는 성장과 함께 균형 잡기에 힘쓴다.

그래서 최대한 뿌리를 옆으로 뻗는다.

이것을 판근(板根)이라고 한다.

동 주변을 유심히 살펴보면 수수꽃을 닮은 수꽃과 작은 솔방울을 닮은 열매를 확인할 수 있다. 이 또한 보는 이의 눈을 즐겁게 한다. 가장 눈에 띄는 특징은 붉은색의 줄기다. 세로로 갈라지는 줄기의 껍질 사이에서 볼 수 있다.

하늘 높이 자라는 나는 성장과 함께 균형 잡기에 힘쓴다. 그래서 최대한 뿌리를 옆으로 뻗는다. 이것을 판근(板根)이라고 한다. '판자를 대놓은 뿌리' 같다는 뜻이다. 이것을 보고 나를 근육질의 나무로 이해하는 사람들도 있지만, 멋지게 보이려는 것이 아니라 생존을 위한 몸부림일 뿐이다.

한 생명이 살아가는 데는 자신의 의지와 노력도 필요하지만 주변 환경은 그 이상으로 중요하다. 어떤 일이 일어날지 모르는 불안한 환경은 생존에 치명적이다. 악몽에 시달리게 되고 내면의 상처가 깊이 곪아간다. 얼마 전에도 그런 일이 있었다. 내 옆에 있던 은행나뭇과의 갈잎큰키나무인 은행나무가 갑자기 종적을 감추었다. 살아 있는 화석을 필요에 따라 데리고 왔다가 가차 없이 없애버린 것이다. 사라진 은행나무의 흔적은 그 자리에, 내 기억 속에 고스란히 아픈 상처로 남아 있다.

이와 같이 온갖 상처를 짊어질 수밖에 없는 내가 살기 위해 택한 방법은 '추억하기'다. 지난날의 아름다운 기억을 떠올리는 것이다.

한번은 까치 한 마리가 가지 끝에 집을 지은 적이 있었다. 까치가 집을 짓는 것을 보고 사람들은 매우 좋아했다. 좋은 소식을 전하는 길조로 여겼기 때문이다. 사람들이 까치를 길조로 본 것은 《삼국유사(三國遺事)》의 이

야기에서 유래한다.

경주 계림의 동쪽 아진포에서 한 할머니가 까치가 우는 소리를 듣고 나가 보니 배 위에 궤 하나가 놓여 있었다. 열어보니 그 안에 잘생긴 사내 아기가 있었고, 그 아기가 자라 나중에 신라의 4대 왕 석탈해가 되었다. 그의 성을 석(昔)씨로 한 것은 까치 작(鵲)에서 새 조(鳥)를 뺀 것으로 이때부터 까치는 좋은 소식을 전하는 길조로 자리매김했다.

까치와 나는 서로에게 친한 동무가 되어 사이좋게 지냈다. 하지만 그것도 잠시, 아파트 관리인들이 까치가 둥지를 튼 가지를 무참히 잘라버림으로써 우리의 소박한 행복은 깨지고 말았다.

졸지에 집을 잃은 까치는 어디론가 날아가고 나는 또다시 허전하고 쓸쓸한 마음을 달래야 했다. 까치는 그 후로 다시 볼 수 없었지만 내 마음속에는 늘 그가 틀었던 둥지가 애틋한 추억으로 살아 있다. 그리고 언젠가 까치가 내 가지에 둥지를 틀 날을 고대하는 마음으로 매일매일 삶의 힘을 얻고 있다.

단풍나무

• 고향: 한국 • 부모: 단풍나무 • 학명: *Acer palmatum* Thunb.
• 소속: 갈잎큰키나무 • 한국 이름: 단풍나무 • 나이: 10살
• 사는 곳: 경북 김천시 증산면 수도길 1438

생명을 향한
붉고 강한 의지

바람은 그물에 걸리지 않는다. 모든 생명체가 그 바람을 원하는 건 아니겠지만 내게는 절대적으로 필요한 존재다. 만약 그물에 걸려 바람이 내게 오지 못했다면 지금의 나는 존재할 수 없었을 것이다.

나는 바람이 세차게 부는 어느 가을 오후 이 계곡에 떨어졌다. 바람 덕분에 겨우 나의 터전을 찾을 수 있었던 것이다. 처음 내가 떨어진 곳은 뿌리를 내릴 수 없는 바위들 틈이었다. 터전으로 삼을 수 있는 한 줌의 흙도 없는 척박한 곳이어서 두렵고 막막하기만 했다. 의지가지없는 고아의 신세였던 그때 파인 마음의 상처가 아직도 완전히 아물지 않은 채로 있다.

마땅히 살 곳을 찾지 못하고 안절부절못하던 나는 밤새 내린 비에 떠내려가는 위기를 맞았다. 계곡은 언제 어떤 일이 벌어질지 예측하기 어려운 위험이 많은 곳이다. 나는 빗물에 떠밀려 한참을 내려가다가 원래 있던 곳에서 멀리 떨어진 어느 지점에 이르러 무언가에 걸려 멈추어 섰다. 순간 환경에 떠밀려 이러지도 저러지도 못하는 무력한 나의 신세가 서글퍼지기도 했지만, 그나마 자리를 잡을 수 있어 다행이라며 스스로를 위로했다. 지난 일은 돌이킬 수 없고 지금, 여기에 순응하고 자족하며 사는 게 최선이라고 자신을 다독였다.

나의 삶은 이후에도 긴장의 연속이었다. 다행히 자리는 잡았지만 뿌리를 내리기까지 긴 시간과 많은 시련을 감내해야 했다. 질긴 인연인지, 운명의 장난인지 내가 정착한 이곳은 '바람의 계곡'이었다. 밤은 물론이고 낮에도 바람 잘 날이 없었다. 뿌리를 내리려면 나만의 시간이 필요한데 쉴 새 없이 바람이 불어대니 여간 성가신 게 아니었다. 바람에 쓸려가지 않으려고 애를 쓰다가 지쳐 쓰러진 적이 한두 번이 아니다. 바람이 야속했다. 그래도 한때는 부모 곁을 떠나 새로운 세상으로 갈 수 있게 인도해준 고마운 존재가 아니던가. 사실 바람은 늘 그대로였다. 바뀐 건 상황에 따라 달라지는 내 마음이었다. 그걸 깨닫기까지 적지 않은 시간이 걸렸다. 나는 바람과의 운명 같은 인연을 받아들이기로 했다.

내 이름은 중국에서는 풍(楓)이고, 한국에서는 단풍(丹楓)이다. 풍(楓)은 나무(木)와 바람(風)을 합한 글자다. 나의 열매가 바람에 잘 날아갈 수 있는 날개를 지니고 있어 붙여진 이름이다. 그래서 내가 바람을 좋아할 것이라고 생각한다. 사실은 자식을 독립시키려는 부모의 노력에서 비롯된 것이다. 부모는 때가 되면 자식이 바람을 타고 멀리 날아가 자신만의 터전을 일구어 살아가기를 바란다. 언제나 곁에 두고 함께 살 수는 없는 노릇이고, 그게 자연의 순리다. 나는 그것도 모르고 바람에 자식을 맡겨버리는 '무책임한' 부모라며 원망했고, 삶이 고단할수록 더 그랬다.

계곡의 삶에서 가장 힘든 것 중의 하나는 부족한 햇볕이다. 늘 햇볕을 기다리고 그리워한다. 그리움은 애틋하고 아름다운 감정이지만, 나에게는

생존을 위한 절박한 심정이다. 계곡은 햇볕이 머무는 시간이 길지 않아 어렵게 뿌리를 내려 강하게 성장한 나무라도 햇볕을 얻기 위한 사투를 멈출 수 없다. 멈추면 죽는다. 계곡에 둥지를 튼 나무들 중에서 햇볕을 양껏 받지 못해 세상을 떠난 이들이 적지 않다.

계곡에서 햇볕을 얻는 최선의 방법은 빈 공간을 찾아서 최대한 가지를 뻗는 것이다. 그래야 살아남을 수 있다. 그와 더불어 뿌리는 반대 방향으로 내려야 한다. 그렇게 하지 않으면 중심을 잃고 쓰러져 생존에 실패할 수 있다.

햇볕은 내가 원한다고 해서 원하는 만큼 얻을 수 있는 게 아니다. 변화무쌍한 기상에 따라 햇볕의 양이 얼마든지 바뀔 수 있고, 내가 얼마나 얻을 수 있을지도 가늠하기가 어렵다. 이렇게 열악한 조건에서 살아남으려면 햇볕을 적게 받고도 살 수 있는 방법을 터득해야 한다.

내가 택한 방법은 주어진 환경에 최적화된 몸을 만드는 것이었다. 좋지 않은 환경에서 오는 고통은 피할 수도 없고 통제할 수도 없다. 정면으로 부딪쳐 이겨내야 한다. 나는 빈 곳을 향해 몸을 구부리는 과정에서 허리가 휘어지는 바람에 오랫동안 통증에 시달렸지만, 어떻게든 살아남아야 한다는 일념으로 고통의 시간을 참고 견뎠다. 그러다 보니 어느 순간 통증이 사라지고 적은 햇볕으로도 살 수 있는 몸을 만드는 데 성공할 수 있었다.

강한 의지가 강한 몸을 만든다. 그것은 고통의 산물이다. 고통을 극복하는 과정에서 의지가 강해지고 다시 그 의지가 고통을 넘어 성장으로 이끈다. 그렇게 성장하고 나면 쉽지 않은 계곡의 삶에서도 즐거움을 찾을 수 있다. 숲의 나무들과 대화하며 서로의 희로애락을 나누기도 하고, 불어오는 바람과도 지난날을 추억하거나 그가 전해주는 소식을 접할 수도 있다. 무엇보다 운명을 받아들이고 넘어서는 노력을 통해 얻은 삶의 지혜로 나만의 아름다운 빛깔을 만들어낼 수 있다. 사람들이 붉게 물들인 나의 잎들을 좋아하는 이유도 여기에 있을 것이다.

이태리포플러

• 고향: 이탈리아 • 부모: 버드나무 • 학명: *Populus canadensis* Mornch
• 소속: 갈잎큰키나무 • 나이: 30살
• 사는 곳: 대구광역시 북구 학정동 근처 농가

화상의 트라우마를
성장의 밑거름으로

나는 물은 좋아하지만 불은 무서워한다. 거의 죽을 뻔한 그날의 기억 때문이다.

2년 전 어느 날, 낮잠을 자다가 갑자기 몸에 뜨거운 기운이 느껴져 화들짝 깨었다. 정신을 차리고 보니 불이 번지고 있었다. 시시각각으로 다가오는 불길에 나는 어찌할 바를 몰랐고, 두려운 나머지 눈을 감았다. 그 순간 내가 할 수 있는 일이라곤 기도밖에 없었다. 제발 불이 옮겨 붙지 않게 해달라고 빌고 또 빌었다.

시간이 얼마나 지났을까. 요란한 사이렌 소리에 놀라 눈을 떠보니 갑자기 쏴 하는 소리와 함께 세찬 물살이 내 몸을 타고 흘러내렸다. 어찌 된 일인지 종잡을 수 없는 속에서 몸에 통증이 느껴졌다. 소방 호수가 내뿜는 강한 물줄기의 압력에 몸이 부서질 것만 같았다.

마침내 화재가 진압되고 소방차가 물 뿌리기를 멈추자 웅성거리는 소리가 들렸다. 불이 난 것을 알고 모여든 사람들이 수군거리는 소리였다. 여전히 불길에 놀란 가슴을 진정시키지 못한 나는 그들이 무슨 이야기를 하는지 알아들을 수 없었지만, 어떻게 해서 불이 났는지에 관한 말을 듣고는 귀가 번쩍 뜨였다.

화재 원인은 담뱃불이었다. 어느 50대 남자가 담배를 피우며 지나가다가 무심코 버린 담배꽁초가 화근이었다. 꽁초에 남아 있던 불씨가 마른 잎에 옮겨붙어 큰불이 난 것이다. 한 사람의 몰지각한 행동이 큰 참사로 이어질 뻔했다. 다행히 나는 죽음의 문턱까지 갔다가 근처를 지나던 남자가

119에 급히 연락해준 덕에 목숨을 건질 수 있었다.

세상에는 문제의 남자처럼 아무 생각 없이 행동하는 인간이 적지 않다. 그들 때문에 재산 피해를 입거나 소중한 목숨을 잃는 경우가 얼마나 많은가.

이곳에 내 삶의 터를 마련해준 사람은 한 우유공장의 주인이다. 더운 여름에 그늘을 만들어줄 나무가 필요했던 그는 팔거천 주변에 위치한 공장에 물을 좋아하는 나무가 적합하다고 보고 나를 선택했다. 다른 나무들보다 빨리 자라는 나는 30m 이상 크기 때문에 그늘을 만드는 데 제격이다.

내 고향은 이름에서도 알 수 있듯이 이탈리아다. 미국이 원산지인 미루나무와 유럽이 원산지인 양버들이 결혼해서 나를 낳았다. 그런데 부모 중에서 미루나무를 더 닮았다.

요즘 나를 속상하게 하는 게 있다. 검게 변한 피부다. 어릴 때 당한 화재로 은빛의 피부 일부가 검게 변해버렸다. 벌써 2년이 지났는데도 원래의 피부를 회복하지 못하고 있다. 시간이 좀 지나면 나아지겠지 하며 기다렸는데 여전히 그대로인 피부를 보면 속이 상한다. 더 속상한 일은 이기적인 사람들의 행태다. 한 60대 남자는 내 밑동을 흙으로 덮고 그 위에 기름때가 잔뜩 묻은 기계들을 가져다놓았다. 그 때문에 숨 쉬기가 어려워졌다. 나는 밑동에서 가지들이 나와 흙이 있으면 호흡 곤란을 일으킨다.

나는 때로 화상의 트라우마에 시달린다. 담배를 피우며 지나가는 사람만 봐도 가슴이 두근거린다. 조금 떨어진 곳에 살고 있는 은행나무, 부추,

아주까리, 옥수수 등은 이런 내 모습을 잘 이해하지 못한다. 그날의 아픔을 직접 겪지 않아 기억도, 공감도 못하는 것이다. 그런 그들을 탓하고 싶진 않지만 아쉬운 감이 없지 않다.

이웃에 대한 관심과 배려는 단순히 상대방만을 위한 것이 아니라 자신을 위한 것이기도 하다. 모든 생명은 홀로 살 수 없기에 서로에 대한 관심과 도움이 절대 필요하다. 이웃이 어려운데 자신만 행복할 수는 없다. 우리는 더불어 살아가는 공동운명체이기 때문이다.

나의 삶은 화상을 당한 후로 아주 많이 달라졌다. 무엇보다 자신감이 약해졌다. 화상을 입기 전에는 늘 당당하게 거리낌없이 행동했지만 상처를 입고 나서는 나도 모르게 위축되는 것을 느꼈다. 전에 없던 습관도 생겼다. 나는 매일 아침이면 크게 기지개를 켜고 심호흡을 하며 상쾌한 기분을 즐겼다. 지금은 일어나자마자 피부에 생긴 흉터부터 살핀다. 어제보다 좀 나아졌을까 하는 기대감으로 상태를 살피지만 별로 달라지지 않은 것에 실망하곤 한다. 컨디션이 좋지 않은 날에는 흉터가 더 도드라져 보인다. 비가 내려 몸에 묻은 먼지들이 씻겨나가면 그 부분이 새까맣게 드러나 몹시 우울해진다.

본래 나는 비를 무척 좋아했다. 부모인 버드나무를 닮아 물과 친했고 가까이하고 싶어 했다. 물을 좋아하는 부모는 학명에 '물에 가깝다'는 뜻의 살릭스(*Salix*)가 있을 정도다. 빗물이 나의 치부를 드러내는 역할을 하니 마음이 착잡하다.

이웃에 대한 관심과 배려는

단순히 상대방만을 위한 것이 아니라

자신을 위한 것이기도 하다.

흉터는 상흔(傷痕)이다. 상흔은 어떻게 받아들이느냐에 따라 의미와 가치가 달라진다. 결코 시간이 해결해줄 수도 없고 죽을 때까지 지워지지 않는다고 해도 그것을 받아들이는 마음에 따라 삶의 무늬는 얼마든지 바뀔 수 있다. 지우려 애쓰기보다 삶의 한 부분으로 인정하고 받아들이는 것이 상처를 이기는 좋은 방법일 수 있다. 또한 상처는 바라볼수록 마음을 아프게 하므로 시선을 상처에 두지 말고 다른 일에 집중하는 것이 좋다. 나는 오직 나의 성장에 몰두함으로써 줄기가 자라고 껍질이 탱탱하게 펴져 검은 흉터를 옅어지게 만들 수 있었다.

상처를 대하는 마음가짐이 중요하다. 상처에 집착하기보다 스스로 마음의 근육을 키우는 일에 힘을 쏟으면 어떤 상처도 이겨낼 수 있고, 오히려 상처가 성장의 밑거름이 될 수 있다.

개잎갈나무

• 고향: 히말라야 • 부모: 소나무 • 학명: *Cedrus deodara* (Roxb. ex D.Don) G.Don
• 소속: 늘푸른큰키나무 • 나이: 90살
• 사는 곳: 경남 진주시 창렬로 185 진주여자고등학교

강제 이주를 당하고 100년이 지났지만…

타향살이는 참 힘들다. 그간의 익숙했던 습관을 바꿔야 하기 때문이다. 그래서 나이가 들수록 타향살이가 더 힘든 법이다. 습관을 바꾸려면 살아오면서 오랫동안 몸에 길들여진 기존의 틀을 버려야 한다. 여간 어려운 일이 아니다. 나만 해도 그렇다. 세계에서 가장 높은 히말라야에서 일본을 거쳐 한반도로 온 지 100년이 넘는 세월이 흘렀는데도 완전히 정착하지 못하고 있다.

삶의 터전은 자발적으로 선택하는 경우도 있고 강제로 선택당하는 경우도 있다. 자발적 선택의 경우도 쉽지 않지만 강제적 선택에 따른 정착은 엄청난 고통을 수반한다.

나는 1930년대에 일본에서 한반도로 왔다. 한반도에서 살고 있는 나의 동족 대부분은 강제 이주의 험난한 삶으로 신음하고 있다. 어떤 환경에서 살았는지, 성향이나 특징이 무엇인지를 고려하지 않고 무분별하게 이식했기 때문이다.

나와 동족들이 사는 곳은 주로 학교와 관공서이지만 가로수로 살아가는 나무들도 있다. 학교나 관공서는 그나마 공간이 넓고 공해도 적은 편이라서 살기에 괜찮은 편이지만, 매연과 소음이 심한 도로 옆은 편할 날이 없다.

사람들은 나를 히말라야시다(Himalaya Cedar)라고 불렀다. 내 고향이 히말라야라서 붙인 이름이다. 그런데 내 나이 환갑이 지나면서부터는 개잎갈나무로 부르기 시작했다. 잎을 갈지 않는다고 해서 새로운 이름을 지어준 것이다. 나는 그 이름을 듣고 헛웃음이 나왔다. 잎을 갈지 않는다니 도대체 무슨 소리인가? 자세히 알아보지도 않고 멋대로 이름을 갖다 붙이니 기가 막힐 노릇이었다.

나는 개잎갈나무로 이름이 바뀌면서 적잖은 상처를 받았다. 놀림도 받고, 오해를 사기도 했다. 어떤 사람들은 히말라야시다와 개잎갈나무를 다른 나무로 착각하기도 했다. 모두 개악 탓이다. 국산화라는 명분하에 이름을 바꾸었지만 도리어 잘못된 결과를 낳고 말았다. 원래 이름대로 그냥 놔두는 게 나았을 것이라는 아쉬움이 남는다.

잘못된 이름보다 더한 어려움은 정착이다. 지금은 어느 정도 삶의 터전을 확보한 상태이지만, 내가 정착에 이르는 길은 순탄치 않았다. 원래 살던 곳과 매우 다른 환경도 그랬지만, 사람들이 나와 동족들을 이주시키면서 서로 떨어져 살게 한 점이 정착하는 것의 어려움을 가중시켰다. 우리는 모여 살아야 하는 나무들이다. 뿔뿔이 흩어져 살면 생존이 위태롭다. 부모인 소나무가 중심을 잡는 뿌리를 직각으로 내리는 것과 달리 우리는 뿌리를 옆으로 뻗는다. 그렇게 뻗은 뿌리끼리 서로 엉켜 있어야 균형을 똑바로 잡을 수 있다. 게다가 키가 30m 이상 자라기 때문에 서로를 단단히 붙잡고 있지 않으면 바람에 견딜 수가 없다.

어느 해인가 강한 태풍으로 나의 동족들이 큰 피해를 당한 적이 있다. 우리의 속성을 무시하고 이산가족으로 만들어놓은 인간들이 죽음으로 몰고 간 것이다. 나와 같은 학교에 살고 있던 동료들도 그때 거의 다 쓰러지고 말았다. 나는 불행 중 다행으로 건물과 건물 사이에 있어서 목숨을 보전할 수 있었다.

내가 살고 있는 학교는 꽤 유명하다. 대하소설 《토지》를 쓴 박경리 선생의 모교라는 사실이 알려지면서 이름이 널리 퍼졌다. 덩달아 나도 사람들 입에 오르내리게 되었다. 하지만 내게는 그보다 살아남는 일이 훨씬 중요하다. 동료들이 태풍에 쓰러지고 나서는 더 절박한 문제가 되었다.

처음 이곳에 왔을 때는 비교적 공간이 넓은 편이었다. 하지만 성장하면서 가지를 뻗고 뿌리를 내리는 데 한계를 느꼈다. 마음대로 할 수 없는 환경 때문에 스트레스를 많이 받았다. 그래서 궁리 끝에 찾아낸 방법이 위로 올라가는 것이었다. 그렇다고 무작정 올라갈 수도 없는 일이었다. 앞날을 생각하지 않고 올라만 가다가는 언제 또다시 태풍을 만나 쓰러질지 모르기 때문이다. 이미 태풍으로 동족들을 잃은 터라 더욱 조심할 수밖에 없다. 이러지도 저러지도 못하는 상황이 힘들지만 순간순간 최선을 다하려고 한다.

고독과 고통 속에서도 내가 꿋꿋이 살아가는 이유는 열매를 맺기 위해서다. 나는 부모인 소나무와 닮았지만 다른 부분이 적지 않다. 우선 잎이 다르다. 소나무의 잎은 2개가 한 묶음이지만, 나의 잎은 한 가지에 20~50개씩 달린다. 꽃도 부모와 다르게 생겼다. 나는 가을에 암꽃과 수꽃이 뾰족이 솟아오른다. 열매는 다음 해 가을 무렵 달걀형으로 완성되고, 꽃처럼

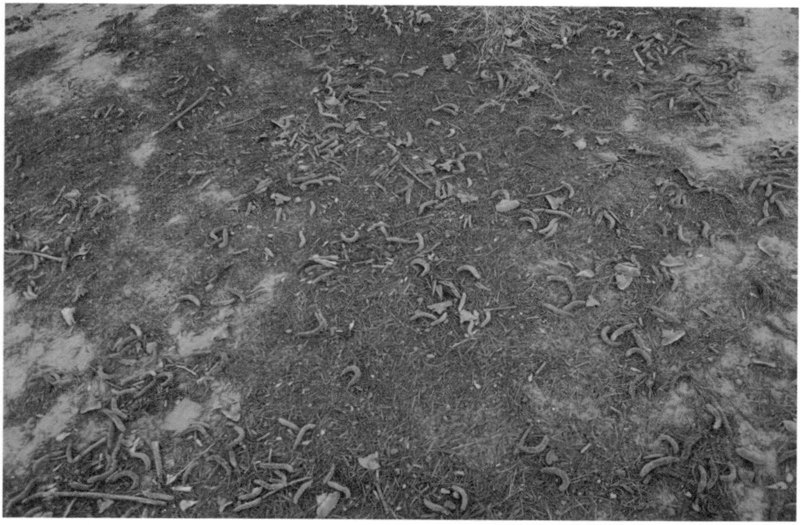

열매를 만드는 과정은 힘겨움의 연속이지만 큰 성취감을 안겨준다.

열매에서 느끼는 보람이 그간의 노고를 달래주고도 남는다.

가지 위로 불쑥 올라오기 때문에 쉽게 볼 수 있다. 소나무 열매인 솔방울보다 크고 조직도 전혀 다르다. 솔방울은 익으면 벌어진 채로 있지만, 나는 얇은 막으로 구성되어 있어 비늘처럼 벗겨진다. 아주 조밀한 조직의 열매가 벗겨지는 모습은 감탄을 자아내기에 부족함이 없다. 내가 이렇게 정교하게 열매를 만드는 것은 날개 모양의 씨앗이 바람에 쉽게 날아갈 수 있도록 하기 위해서다.

내가 열매를 만드는 과정은 힘겨움의 연속이지만 큰 성취감을 안겨주기도 한다. 만들어놓은 열매에서 느끼는 보람이 그간의 노고를 달래주고도 남는다. 만약 이 같은 성취감이 없다면 그 힘든 시간을 버텨내기가 쉽지 않았을 것이다. 당장은 힘들어도 그 끝에 보게 될 아름다운 결과가 있기에 오늘을 살아갈 수 있는 것이다. 성취의 희열이 고통의 강을 건너게 한다.

중국단풍

• 고향: 중국 • 부모: 단풍나무 • 학명: *Acer buergerianum* Miquel • 소속: 갈잎큰키나무
• 한국 이름: 중국단풍 • 별명: 삼각풍, 세갈래단풍, 메시닥나무, 풍향수 • 나이: 30살
• 사는 곳: 대구광역시 달서구 달구벌대로 1095 계명대학교 인문국제학대학(영암관)

생존을 위해
틈새를 만들다

지금 나는 모두가 부러워할 만한 고운 빛깔을 띠고 있다. 이러한 선물을 주신 신에게 늘 감사하며 살고 있다. 그렇다고 내가 평탄하게만 살아온 것은 아니다.

나는 30여 년 전에 이곳으로 왔다. 그전에 어디에서 살았는지는 알지 못한다. 아마도 어느 묘목상을 통해 팔려왔을 것이라고 짐작할 뿐이다.

내가 처음 왔을 때 이곳은 황량한 들판 같았다. 서쪽의 백은관 건물과 동쪽의 영암관 건물만 덩그러니 있었을 뿐 주변은 넓은 공터나 다름없었다. 나는 경운기를 타고 와서 조금 경사진 자리에 파놓은 구덩이에 옮겨졌다. 건장한 남자들이 물을 듬뿍 준 다음 흙으로 뿌리 전체를 덮고는 유유히 사라졌다. 새끼줄에 뿌리가 꽁꽁 묶여 숨을 죽이고 있던 나는 그제야 마음껏 숨을 쉴 수 있었다.

내가 자리를 잡고 나서 가장 먼저 한 일은 땅의 성질을 알아내는 것이었다. 그래야 뿌리를 어떻게 내릴지 판단하여 차질 없이 적응할 수 있기 때문이다. 땅의 성질을 파악한 나는 곧바로 남쪽의 경사진 방향으로 뿌리를 내리기 시작했다. 어디에서나 균형 잡는 일이 급선무다. 그렇게 해서 튼튼한 판근을 만들고 뿌리 근처의 줄기를 보기 좋은 근육질로 변화시켰다.

적응은 비교적 순조로웠다. 낯설긴 했지만 뿌리를 빨리 내린 데다 주변 공간도 넓고 공기의 흐름도 아주 좋았다. 한동안 친구들이 없어 적적했지만 얼마 안 가 속속 나무들이 합류했고, 지금은 그들과 친해져 사이좋게 지내고 있다.

한국에서 나를 부르는 이름은 중국단풍이다. 중국 출신이라서 그렇게 부른다. 나의 고향에서는 메시닥나무라는 이름으로 불린다.

나의 조상이 언제 한국으로 왔는지는 정확히 알려져 있지 않다. 중국의 고대 신화집 《산해경(山海經)》에는 나의 이름이 풍향수(楓香樹)로 나온다. '향기가 나는 나무'라는 뜻이다. 거의 동시에 피는 꽃과 잎에서 향기를 내뿜는다. 나의 또 다른 이름인 삼각풍(三角楓)은 잎이 삼각으로 갈라진다고 해서 붙인 것이다. 북한에서는 세갈래단풍이라고 한다.

나의 이름을 최초로 지은 네덜란드의 식물학자 미쿠엘(Miquel, 1811~1871)은 나만의 특징을 구체적으로 서술하지 않고 단풍나무의 일반적 특징인 아케르(*Acer*)를 기록으로 남겼다. 아케르는 '갈라진다'는 뜻의 라틴어로 나를 포함한 단풍나무 모두에게 해당되는 특징이다. 미쿠엘이 기록한 또 하나의 특징인 부에르게리아눔(*buergerianum*)은 일본에서 식물을 채집한 독일 출신의 뷔르거(Bürger, 1806~1858)를 가리킨다. 뷔르거는 나 외에도 층층나뭇과의 갈잎큰키나무인 산딸나무(*Cornus kousa* Buerg)에 이름을 붙였다.

내가 사람들에게 가장 눈에 띄는 부분은 잎 외에 줄기가 있다. 줄기의 껍질이 종이처럼 얇게 벗겨진다. 벗겨진 껍질은 회갈색의 줄기와 달리 약간 붉은색이 돈다. 내가 껍질을 벗기는 것은 성장하기 위해서다. 빠르게 성장하려면 묵은 껍질을 과감히 벗겨내야 한다. 하지만 그 과정에서 극심한 성장통을 겪는다. 고통 없이 이루어지는 것은 아무것도 없다. 물푸레나뭇과의 갈잎큰키나무 이팝나무도 껍질을 벗기면서 성장한다. 어린 시절이

지나면 더 이상 껍질을 벗기지 않는 데 비해 나는 거의 평생 동안 껍질을 벗기며 성장한다. 나와 형제관계인 단풍나뭇과의 갈잎큰키나무 복자기단풍도 오랜 기간 껍질을 벗기며 성장통을 치른다.

나는 20살이 될 때까지 몸을 잘 건사하며 비교적 순탄하게 살았다. 키도 10m까지 자라고, 2.4m 정도의 높이에 12개의 가지를 만들고, 몸 둘레도 1.5m나 되었다. 이 상태라면 10년쯤 뒤에는 15m까지 쑥쑥 자랄 수 있었다. 그러나 20살이 갓 넘었을 무렵 위기를 맞았다.

꽃샘추위가 기승을 부리던 봄날, 두 남자가 다가와서 서쪽으로 뻗은 가지 중 하나에 톱질을 시작하더니 내 몸을 에워싼 채 다른 가지에도 연이어 톱질을 가하는 것이었다. 불과 몇 분 사이에 5개의 가지가 잘려나갔다. 나는 도무지 그들의 행동을 이해할 수 없었다. 왜 멀쩡히 잘 있는 내게 톱질을 한단 말인가? 나의 가지들이 사람들의 통행을 방해하는 것도 아니고, 바람에 쓰러질 염려도 없는데 말이다.

가지를 잃은 고통을 더 고통스럽게 한 것은 그들의 잘못된 방식이었다. 줄기에 가깝게 자르지 않고 길게 자르는 바람에 고통이 더 심해진 것이다. 자르지 않았다면 제일 좋았겠지만, 자르더라도 줄기에 가깝게 잘랐다면 회복도 빠르고 상흔을 가리기에도 좋았을 것이다.

그들의 무지로 더 깊어진 상처를 치유하기 위해 온갖 노력을 하던 중 뜻밖의 일이 생겼다. 단풍나뭇과의 갈잎큰키나무인 단풍나무가 내 옆으로 이사를 온 것이다. 그를 보는 순간 나는 날아갈 듯이 기뻤다. 꿈에도 그리던 나의 혈육을 드디어 만났기 때문이다. 나의 부모는 단풍나무이지만, 나는 부모에게서 태어나지 않아 그 존재를 알지 못했고 만날 기회도 없었다. 그러다가 부모와도 같은 혈육이 눈앞에 나타났으니 얼마나 놀라고 기뻤는지 모른다.

나는 혈육과 가까이 지내는 지금이 참 좋다. 그 존재만으로도 든든한 힘이 되고, 상처를 치유하는 데도 이보다 좋은 약이 없다. 우리는 나날이 더 가까워지고 있다. 나는 그를 향해, 그는 나를 향해 가지와 뿌리를 뻗는 중이다. 그러면서 지금껏 한 번도 느껴보지 못한 부모의 사랑을 알아가고 있다. 언젠가 우리의 가지와 뿌리가 서로 만나는 날, 나의 깊은 상처도 깨끗이 나을 것만 같다.

상처는 겉으로 드러난 것만 치료해서는 온전히 낫지 않는다. 보이지 않는 마음속 상처까지 치유해야 비로소 그간의 고통에서 완전히 해방될 수 있다. 그것을 가능하게 하는 것이 진정한 교감이다. 우리가 만나기 위한 노력을 멈추지 않는 것도 진정한 교감을 위한 것이다.

몇 년 전, 가지를 잃는 시련에 이어 두 번째 시련이 찾아왔다. 근처에 있던 쉼터가 흡연구역으로 지정되면서 참기 힘든 시간이 시작된 것이다. 그곳엔 등(藤)이 살고 있었다. 흡연 장소가 된 후에는 사람들이 집단적으로 피워대는 담배 탓에 연기 자욱한 질식의 구역으로 바뀌어버렸다.

어느 봄날이었다. 오후의 나른한 기운에 설핏 잠이 들었다가 등이 풍기는 향기에 잠에서 깨어났다. 그 아래에서는 여느 때처럼 사람들이 담배를

상처는 겉으로 드러난 것만 치료해서는 온전히 낫지 않는다.

보이지 않는 마음속 상처까지 치유해야

그간의 고통에서 완전히 해방될 수 있다.

뻑뻑 피워대고 있었다. 어떻게 저런 악조건에서도 꽃향기를 피워내는지 등의 재주가 신기하기만 했다. 꽃이 줄기 아래로 내려가서 그럴 수 있는 걸까? 어떻게 하면 담배 연기에서 해방될 수 있을까? 그런 생각을 하며 연기 공장의 흡연자들을 멍하니 쳐다보고 있었다. 그때 갑자기 내 눈에 들어오는 것이 있었다. 연기가 어느 틈새로 빠져나가는 모습이었다. 순간 나는 담배 연기를 피할 수 있는 방법이 떠올랐다.

나는 그동안 나의 성장과 아름다움을 위해 잎을 무성하게 만드는 일에 집중해왔다. 그런데 알고 보니 그것이 공기의 흐름을 막아 담배 연기가 빠져나가지 못하게 하고 있었다. 여기서 힌트를 얻은 나는 곧바로 무성한 잎들을 줄여나가는 작업에 착수했다. 공기가 원활하게 흐를 수 있게 답답한 공간의 틈새를 만들려는 것이었다. 과연 나의 노력은 헛되지 않았고, 나와 등은 담배 연기에 훨씬 덜 시달리게 되었다.

틈이 있어야 한다. 공간은 물론 마음의 방에도, 사람들과의 관계에서도 소통을 위한 적당한 틈새와 거리가 있어야 한다. 그러면 한결 여유가 생기고, 어려움 속에서 필요한 해법을 발견할 수 있다.

감나무

• 고향: 한국 • 부모: 감나무 • 학명: *Diospyros kaki* Thunb.
• 소속: 갈잎큰키나무 • 명예: 하늘 아래 첫 감나무 • 나이: 530살
• 사는 곳: 경북 상주시 외남면 소은 1길 59-12

온갖 험담을 이겨내다

나는 조선시대 성종 때 태어났다. 그런데 태어날 때부터 내 모습을 낯설어하는 이들이 많았다. 그도 그럴 것이 나 같은 감나무는 생전 처음이었기 때문이다. 접을 붙여 나온 감나무라니…. 모두가 나를 이상한 존재로 취급하고 뒷말을 일삼았다. 어린 나이에 견디기가 쉽지 않았지만, 불행 중 다행으로 주인이 보호막이 되어 나를 지켜주었다.

본래 주인의 집에는 감나무가 없었다. 어렸을 때 감나무가 있는 집의 친구들이 너무 부러웠던 주인은 부모에게 감나무를 구해달라고 졸랐지만 구할 수 없었다. 감나무가 귀하던 시절이었다. 하지만 주인은 쉽게 포기하지 않았다. 기필코 감나무를 구하고야 말겠다고 다짐한 주인은 감나무가 많은 집의 어른에게 사정을 말하고 일을 해주는 조건으로 감나무를 받기로

했다. 1년 후, 드디어 감나무를 얻었다. 어른은 무슨 심보인지 그냥 주지 않고 고욤나무에 접을 붙인 나무를 주었다. 주인은 내심 언짢았지만 달리 방법이 없는 터라 울며 겨자 먹기로 받을 수밖에 없었다. 주인은 그 나무를 집 옆에 심고 정성을 다해 가꾸었고, 나무는 무럭무럭 잘 자라주었다. 그리고 세월이 흘러 어느 때부터인가 사람들은 주인의 감나무를 '하늘 아래 첫 감나무'라고 부르게 되었다.

현재 나는 줄기가 거의 반으로 갈라진 채로 살고 있다. 거의 100년 넘게 이런 모습으로 살아왔다. 특별한 이유는 없었다. 언젠가부터 점점 갈라지기 시작하더니 오늘의 형태가 되었다.

동네 사람들은 내 나이를 대략 800살 정도로 추정했다. 입에서 입으로 내려오는 말을 듣고 모두가 그렇게 알고 있었다. 그러던 어느 날, 전문가들이 찾아와 다양한 방법으로 계산하더니 내 나이가 530살이라는 결론을 내렸다. 그렇게 해서 나는 졸지에 나이가 300여 살이나 줄어들게 되었다. 그런데 그게 끝이 아니었다. 동네 사람들이 받아들일 수 없다며 지방자치단체를 비롯한 각계에 진정을 넣어 나이를 시정해줄 것을 요구했다. 그들의 노력은 지자체에서 《호랑이보다 무서운 곶감》이라는 동화책을 만들어 나를 주인공으로 내세우는 등 나름의 결실을 보는 듯도 했다. 하지만 거기까지였다. 내 나이는 결국 530살로 굳어졌고, 동네 사람들이 바랐던 천연기념물 지정도 받지 못했다. 이유는 내가 순수 혈통이 아니라는 것이었다. 나는 순수 혈통만을 고집하는 전문가들의 좁은 식견이 못마땅하고 안타까웠다. 사람들도 몹시 허탈해했다. 나를 대한민국에서 유일한 감나무 천연기념물로 만들어 지역을 널리 알리고자 했던 그들의 의도가 물거품으로 돌아갔기 때문이다. 그러고 나서 한참 뒤에 소식이 들려왔다. 경남 의령군 백곡리에 살고 있는 450살 된 나무가 대한민국 유일의 감나무 천연기념물로 지정되었다는 것이었다.

나는 현재 대한민국에서 가장 나이가 많은 감나무다. 이렇게 오래 살아남을 수 있었던 것은 주인의 도움이 크지만, 고욤나무(*Diospyros lotus* L.) 덕분이기도 하다. 고욤나무와 접을 붙여 탄생할 수 있었기 때문이다. 접붙이기는 우량종을 만들기 위한 인위적인 결혼이다. 그래서인지 나의 열매는 고욤나무 열매보다 훨씬 크고, 속도 아주 달다. 스웨덴의 식물학자 툰베리(Carl Peter Thunberg, 1743~1828)가 내 이름(*Diospyros kaki* Thunb.)을 명명할 때 단맛을 의미하는 디오스피로스(*Diospyros*)를 넣은 것도 이 같은 특징을 반영한 것이다. 가키(*kaki*)는 감을 뜻하는 한자 시(柹), 즉 가키(かき)를 라틴어로 표기한 것이다. 이 같은 학명 때문에 사람들은 내가 일본이 원산인 줄 알고 있고, 영어권에서도 그렇게 기록하고 있다. 아쉽지만 어쩔 수 없는 일이다.

다만 툰베리가 학명을 붙이면서 왜 일본어로 표기했는지에 대해서는 알려주고 싶다. 그는 1775년 일본의 나가사키에 도착하여 1777년 7월 떠날 때까지 식물을 수집했다. 그때 감나무를 만났다. 그는 또 같은 국적의 식물학자 린네가 웁살라대 교수로 있을 때의 제자이기도 했다. 학명을 국제 표준화하여 '식물분류학의 아버지'로 불리는 스승에 비추어 그를 '일본의 나는 대한민국에서 가장 나이가 많은 감나무다.

이렇게 오래 살아남을 수 있었던 것은 주인과 고욤나무 덕분이다.

린네'라고 부른다. 그렇게 해서 나의 출생지가 일본으로 알려졌다.

나는 지금 몇 개의 의족에 의지해서 살고 있다. 하지만 한 해에 평균 5,000여 개의 감을 생산할 만큼 건강한 편이다. 수백 년을 살았는데도 속이 빈 것을 제외하곤 피부도 매끈하고 가지도 그런 대로 튼튼하다. 감사하고 행복하다. 무엇보다 나를 지켜주고 보살펴준 주인의 은혜에 보답할 수 있어 얼마나 다행인지 모른다.

내가 키운 감으로 만든 곶감은 사람들 사이에서 인기가 아주 높다. 대한민국에서 가장 나이가 많은 감나무의 곶감이라는 희소성이 사람들의 수요를 자극한 것 같다. 그만큼 고가에 팔려나간다. 명절 시즌에는 없어서 못 팔 정도라고 한다.

내가 행복한 이유는 또 있다. 나를 보려고 전국에서 많은 사람들이 찾아와 즐거운 시간을 보내고 사진을 찍어 인터넷에 올린다. 내 모습을 흉내 내어 만세 자세를 취하며 사진을 찍는 사람도 있다. 갈라진 줄기 모습이 만세를 부르는 것처럼 보이는 것이다. 자유롭고 만족스러운 사람들의 표정이 웃음을 짓게 한다. 그야말로 인생 만세가 아닐 수 없다. 때로 피곤함을 느끼기도 하지만 그들 덕분에 노년이 쓸쓸하지 않아 좋다.

나는 겨울에 찾아오는 사람들을 특별히 반긴다. 감이 노랗고 빨갛게 익을 때 찾는 사람들과 다른 점이 있기 때문이다. 잎도 떨어지고 열매라야 까치밥 정도밖에 남아 있지 않은 나를, 이동하기에 불편한 계절에 찾아온다는 것은 진정으로 좋아하지 않으면 엄두조차 내기 힘든 일이다. 그들의 관심과 애정이 고마울 따름이다. 그들에게 하얀 눈이 소복이 쌓인 모습을 보여주고 싶다. 고목에 핀 하얀 꽃의 아름다움을 선물하고 싶다.

나는 사람들이 내 앞에서 보여준 모습처럼 자유롭고 행복하게 오래오래 살기를 바란다. 그리고 가끔은 내게 와서 욕심 없이 소박한 즐거움으로 살아가는 삶을 생각하고 마음의 휴식을 누렸으면 좋겠다.

밤나무

• 고향: 한국 • 부모: 참나무 • 학명: *Castanea crenata* Siebold & Zucc.
• 소속: 갈잎큰키나무 • 나이: 30살
• 사는 곳: 경남 하동군 악양면 평사리길 66-7 최참판댁 가는 길

함께 살았지만
더불어 살지 못했다

내가 이 집에 살게 된 것은 우연이었다.

가을의 어느 날, 나는 갑작스레 부모와 이별했다. 그해 불어닥친 엄청난 위력의 태풍이 부모가 한 해 동안 애써 만든 열매를 채 익기도 전에 떨어뜨렸기 때문이다. 그렇게 미숙아에다 고아 신세가 되어버린 나는 생존 가능성이 거의 없었다.

땅바닥에 내동댕이쳐진 나는 할 수 있는 것이 아무것도 없었다. 그저 밤송이 안에서 잠자코 죽음을 기다리는 일이 전부였다. 밤송이가 벌어지지 않았으니 누군가에게 먹힐 걱정은 하지 않아도 된다는 것이 그나마 위안거리라면 위안거리였다. 가시 돋힌 존재는 누구나 꺼리는 법이니까. 나는 그렇게 방치된 상태로 가망 없는 시간을 보냈다.

시간이 얼마나 지났을까. 사람의 발소리가 들려왔다. 밤을 주우러 온 거겠지. 하지만 나는 긴장하지 않았다. 나 같은 애송이를 가져갈 리는 없을 것이라고 생각했다. 그런데 아니었다. 그는 자세히 살피지도 않고 밤송이들을 닥치는 대로 주워 소쿠리에 담았다. 나도 예외가 아니었지만, 그때만 해도 그가 나의 주인이 되리라고는 상상조차 하지 못했다.

집으로 돌아간 그는 밤송이들을 마당에 풀어놓고 쓸 만한 것들을 고르기 시작했다. 그러다가 나를 보고는 바로 하수구로 던져버렸다. 차갑고 더러운 하수구에 버려진 나는 얼마 안 가 주인의 손에 다시 버려지고 말았다. 하수구의 찌꺼기가 나한테 걸려 물이 잘 빠지지 않자 나를 집어 담장 쪽으로 내던진 것이다.

두 번이나 버림을 받은 나는 기분이 참담하고 우울했다. 그리고 한동안 희망할 것도 절망할 것도 없는 체념 상태에 빠져 지냈다. 조용한 날이 가고 또 갔다. 그러는 가운데 슬며시 어떤 마음이 고개를 들기 시작했다. 어쩌면 살 수도 있지 않을까? 나는 일말의 가능성에 마지막 희망을 걸어보기로 했고, 싹을 틔우기 위해 내게 남은 모든 에너지를 쏟아붓기로 했다. 하늘이 준 기회를 어떻게든 살리고 싶었다. 다행히 주인도 더 이상 나를 건드리지 않고 내버려두었다.

겨울이 가고 봄이 되었다. 자그맣고 여린 싹이 껍질을 비집고 세상 밖으로 나왔다. 나는 스스로도 믿을 수 없는 놀랍고도 감격스러운 생명의 기적에 기쁨과 감사의 기도를 올리며 눈물을 흘렸다. 그것은 분명 내가 이룬 것이었지만, 나의 노력만으로는 이룰 수 없는 것이기도 했다.

밤알을 보면 위는 뾰족하고 아래는 넓적하게 생겼다. 이렇게 생긴 이유는 단 하나, 싹을 잘 틔우기 위해서다. 위의 뾰족한 부분에서 싹이 제대로 나올 수 있도록 아래의 넓은 부분이 안정적으로 받쳐주는 것이다. 그런데 껍질은 싹을 틔우고 나서도 수십 년 동안 뿌리에서 떨어지지 않는다. 사람들은 이러한 나의 특성을 보고 조상을 잊지 않는 것이라고 여겼고, 그 후로 제사상에 빼놓지 않고 올리게 되었다.

주인은 내가 싹을 틔운 지 몇 개월이 지나서야 관심을 보이기 시작했다. 처음에는 과거의 기억이 떠올라 뿌리째 뽑혀 버려지지나 않을까 두렵기도 했다. 하지만 한참이 지나도록 아무런 일도 일어나지 않았다. 나는 그제야 비로소 살았구나 하는 생각에 안도의 숨을 쉴 수 있었다. 짐작건대, 주인이 나를 살려둔 것은 나중에 밤알을 얻을 수 있겠다는 기대 때문이었을 것이다.

나는 3년 정도 자라면 열매를 맺기 시작한다. 주인은 내가 열매를 맺기 시작하자 반색하며 좋아했다. 나는 해마다 꼬박꼬박 주인이 차린 제사상에 밤알을 제공했고, 주인은 그런 내가 기특하다는 듯 한 식구처럼 대해주게 되었다. 초여름이 되면 마루에 앉아서 내가 피운 꽃을 감상하거나 흥취에 젖어 막걸리를 걸치기도 했다.

세월이 흘러 주인의 아들이 장가를 들고 집 안에는 주인 부부만 남았다. 부부는 결혼해서 따로 사는 아들에게 애써서 지은 농작물을 그때그때 부쳐주었고, 가을이면 내가 만든 밤알도 따로 챙겨 아들 내외에게 보냈다.

그런데 나날이 건강이 나빠졌다. 나는 그들이 살아오는 동안 가난에 찌들어 고생을 너무 많이 한 탓이라고 생각했다. 아들도 어려운 가정 형편 탓에 대학에 진학하지 못하고 기술학교에 들어가 직장을 잡았지만 살림이 넉넉하지 못해 부모를 드물게 찾아왔다.

주인 부부는 결국 나빠진 건강을 회복하지 못하고 그만 세상을 떠나고 말았다. 남편이 먼저 떠나고 아내가 그 뒤를 따랐다. 나는 마음이 아팠다. 돈만 있어도 고칠 수 있는 병이었지만 그들에게는 그만한 돈이 없었다. 가난 때문에 힘겨운 생을 살다가 건강을 해치고 일찍 저세상으로 가버린 주인 부부가 불쌍하고 애처로웠다.

그들이 떠나고 나는 주인 없는 집에 홀로 덩그러니 남았다. 아들은 부모가 돌아가신 후에 딱 한 번 찾아와 유품을 정리하고 가서는 다시 오지 않았다. 나는 사람이 살던 집에서 어떤 인기척도 느낄 수 없는 현실이 낯설고 불안했다. 가장 견디기 힘든 시간은 아침이었다. 캄캄한 밤은 모두가 자는 시간이라서 그렇다고 하지만, 깨어나 움직이는 온갖 소리가 들리는 아침에 사람 냄새를 맡을 수 없는 집은 공동묘지나 다름없었다.

사람이 찾지도 돌보지도 않는 집은 점차 엉망진창으로 변해갔다. 바람에 물건들은 이리저리 나뒹굴고, 비가 오는 날이면 하수구가 막혀 물이 철철 넘쳐흘렀다. 그것은 내게도 치명적인 결과를 가져왔다. 나는 배수가 잘되지 않는 곳을 몹시 싫어한다. 뿌리가 썩어 생장에 큰 타격을 입기 때문이다. 그래서 밤나무를 좀 아는 사람은 습기가 많은 곳에 절대 심지 않는다. 나는 건강이 급속도로 나빠졌다. 줄기는 황록색이 되었고, 피부는 갈수록 부풀어올랐다. 힘이 없어 단풍철이 되기도 전에 잎들을 떨어뜨려야 했다.

생명은 만남으로 잉태되고, 만남으로 이어진다. 만남은 그래서 생명의 절대 조건이다. 물론 어떻게 만나느냐가 중요하다. 그러나 안타깝게도 나와 주인은 온전한 만남을 갖지 못했기에 하늘이 부여한 삶을 제대로 누리지 못했다. 나는 원치 않는 곳에 던져져 주인의 사랑을 받지 못했고, 주인은 나와 더불어 사는 방법을 터득하지 못해 필요한 위안을 얻지 못했다. 나와 주인은 외로운 존재였지만 서로에게 힘과 위로를 줄 수 없었다. 함께 살았지만 더불어 살지 못했던 것이다.

같은 공간에 산다고 해서 더불어 사는 것이 아니다. 더불어 살지 않으면 같은 공간에 있어도 외로움에서 벗어날 수 없다. 서로에 대한 관심과 애정을 주고받으며 더불어 살아야 상처를 위로할 수 있고 행복을 나눌 수 있다.

그루 24

모과나무

• 고향: 중국 • 부모: 장미 • 학명: *Chaenomeles sinensis* (Thouin) Koehne

• 소속: 갈잎중간키나무 • 나이: 200살

• 사는 곳: 대구광역시 남구 명덕로 104 계명대학교 대명캠퍼스 노천강당

돈과 욕망을 좇는 주인의 노예가 되어

세상에 의미 없는 삶은 없다. 저마다 타고난 능력이 있고, 그 능력에 맞게 살아가게 마련이다. 하지만 녹록지 않은 현실이 능력 발휘를 어렵게 하기도 한다. 그럴 때 우리는 불행하다고 느낀다.

나는 삶의 대부분을 분재된 상태로 살았다. 돌이켜보면 10살 정도 되었을 때 어떤 사람에게 헐값으로 팔려가면서부터 나의 운명이 정해졌던 것 같다.

그는 나를 집 근처의 비닐하우스로 가져갔다. 그 안에는 여러 나무가 있었다. 하나같이 뒤틀어지고 부자연스러운 모습이었다. 줄기가 새끼줄처럼 꼬여 있기도 하고, 고개가 비틀어져 있는가 하면, 철사에 묶여 공중에 매달린 나무 등등 모두가 기형적인 상태였다. 사고를 당한 환자들처럼 보기가 안쓰러웠다. 그들은 삶의 의지를 완전히 잃은 것 같았고, 생기 없는 눈에는 공허한 영혼이 아른거렸다. 나도 곧 그들 중 하나가 될 것이라고 생각하니 정신이 아찔했다.

주인은 비닐하우스 중앙의 수술대에 나를 올려놓고는 가위로 가지를 자르기 시작했다. 사람들이 좋아할 모양으로 만드는 것이었다. 나는 눈을 감은 채 이를 악물었고, 그 후 나는 불구의 몸이 되었다.

주인은 내가 맘에 들었는지 오랫동안 곁에 두고 미소 띤 얼굴로 나를 감상하곤 했다. 중간에 사고 싶다고 말하는 사람이 나타나기도 했으나 무슨 속셈인지 안 된다며 거절하고는 알 수 없는 웃음을 짓기도 했다. 더 오래 두고 감상하고 싶었던 건지, 더 비싼 값에 팔려는 건지 그 속은 알 길이 없었다.

몇 년 후 나는 고가에 다른 사람에게 넘어갔다. 나를 구입한 두 번째 주인은 가지가 나올 때마다 잘라버렸다. 위로도 옆으로도 자랄 수 없었던 나는 몸집만 불어나게 되었고, 주인은 변해가는 내 모습에 흡족한 표정을 짓곤 했다. 작은 키에 팔다리가 짧은 배불뚝이가 그가 원하는 모습이었던 것이다.

타고난 본래의 모습과 자신의 의지대로 살지 못하는 삶은 불행하다. 돈과 욕망을 좇는 주인의 노예가 되어 그의 생각이나 취향에 맞추어 꼭두각시로 살아가는 것은 비참한 일이다. 살아 있어도 사는 것이 아니다. 게다가 그런 삶을 보면서 좋아하는 누군가가 있다면 더 괴롭고 슬픈 일이다.

나는 은혜의 주인이 기증한 학교에서 꿈에 그리던 삶을 맛보았다.

내가 지금 여기에 살게 된 것은 몇 차례 주인이 바뀐 뒤였다. 그동안에 겪었던 고통과 수모는 이루 다 말할 수가 없다. 그들은 나를 애완용이나 돈벌이 수단으로 여겼을 뿐 조금의 배려도 베풀어주지 않았다. 그런데 마지막 주인은 이전의 주인들과 달랐다.

나를 이곳에 살게 한 주인은 나를 구입할 당시 환갑의 나이였다. 그도 처음에는 자신의 비닐하우스에 나를 보관해두었다. 나는 이 주인도 마찬가지일 거라고 생각했고, 얼마간 두고 보다가 자신이 원하는 모양대로 만들어 다른 사람에게 팔아버릴 거라고 예상했다. 그러나 얼마 안 가 내 생각이 틀렸다는 것을 알았다. 그는 한동안 비닐하우스에 나를 놓아두었다가 어느 날 조심스레 밖으로 데리고 나갔다. 그곳은 내가 전혀 생각지 못한 의외의 장소였다.

주인의 손에 들려 내가 당도한 곳은 비닐하우스가 아닌 너른 땅이었다. 어린 시절 접해보고는 한 번도 발을 디뎌보지 못한, 내가 그토록 원했던 바로 그 땅이었다. 가슴이 뻥 뚫리는 기분이 날아갈 듯 만세라도 부르고 싶었다.

나는 은혜의 주인이 기증한 학교에서 꿈에 그리던 삶을 맛보았다. 마음껏 호흡할 수 있는 터전에서 자유와 해방감을 만끽할 수 있었고, 그간의 삶에서 쌓인 깊은 상처를 조금씩 치유해갈 수 있었다.

내 주변에는 아름다운 노천강당이 있고 멋진 양버즘나무들도 살고 있다. 이 지역에서 가장 나이가 많은 물푸레나뭇과의 갈잎떨기나무 수수꽃

수수꽃다리

다리도 가까이에 있다. 나는 그가 피우는 꽃향기를 맡으며 행복을 느낀다. 평생을 불안과 좌절 속에서 살았더라도 기쁨과 평화를 주는 존재와 더불어 살면 그간의 아픔도 치유받을 수 있다는 사실도 깨달았다.

지금 나는 비록 속이 텅 빈 송장에 가까운 몸이지만, 하루하루에 충실한 삶을 살고 있다. 몇 년에 한 번씩은 꽃도 피우고 열매도 맺는다. 잎에 가려서인지 꽃에 대해 잘 모르는 사람이 많지만, 유심히 보면 아름다운 모습이 눈을 환하게 한다. 사람들은 나의 열매를 '나무의 오이', 즉 '목과(木瓜)'라고 부르며 귀하게 대접해준다. 나이 많은 상처투성이의 몸에서 맺은 열매가 신기하고 특별한 느낌을 주기 때문일 것이다.

말년에 얻은 행운과 행복에 무한히 감사한다. 그리고 소망한다. 어떤 이유로든 다른 생명을 억압하거나 왜곡하는 일이 멈추어지기를.

소나무

- 고향: 한국 • 부모: 소나무 • 학명: *Pinus densiflora* Siebold & Zucc.
- 소속: 늘푸른큰키나무 • 나이: 70살 • 별명: 금강송, 춘양목, 적송
- 사는 곳: 대구광역시 동구 파계로 741 파계사 부도 근처

희생은 누구를 위한 것인가

어떻게 이런 일이 있을 수 있는가? 누구를 희생시켜 누구를 구한단 말인가? 나는 그들의 처사를 도저히 이해할 수 없었다.

내게 지울 수 없는 상처가 생긴 것은 몇 년 전 눈이 아주 많이 내린 겨울의 일이었다. 나는 대구 팔공산의 파계사 부도(浮屠) 옆에서 조용히 살고 있었고, 동료와 선후배들과도 별 갈등 없이 지내던 터였다. 1년 내내 찾아오는 사람도 많지 않았다. 그런데 눈이 펑펑 내린 다음 날, 낯선 사람들이 들이닥쳤다. 나는 무슨 일일까 의아했지만 별일 아니겠거니 하며 대수롭지 않게 여겼다.

내 앞에 나타난 그들은 남자 셋이었다. 한동안 주변을 살피는가 싶더니 나를 비롯한 소나무들을 손으로 만져보기도 하고 거리를 재보기도 하면서 제법 빠르게 움직이고는 왔던 길로 되돌아갔다. 뭔가 조사를 하러 왔다가 마치고 가는 것 같았다. 그런데 얼마 후 그들이 다시 나타났다. 이번에는 어깨와 팔에 와이어와 다른 장비들을 걸치고 있었다. 내 쪽으로 와서는 가지고 온 물건들을 내려놓고 이내 작업을 시작했다. 먼저 내 몸에 와이어를 단단히 감더니 다른 쪽으로 가져가 나이 많은 소나무에 연결하고는 기계를 꺼내 나를 묶은 와이어를 팽팽하게 조이기 시작했다. 그 순간 나는 온몸이 으스러지는 것 같은 통증에 거의 실신 지경이 되었다.

정신을 차리고 보니 나와 그 소나무가 와이어로 단단히 연결되어 있었다. 그제야 나는 그들이 왜 그랬는지를 알아차릴 수 있었다. 바로 나이 많은 소나무를 살리기 위한 것이었다. 폭설로 그 소나무가 쓰러질 위험에 처하자 나를 지지대로 삼아 그를 구하기 위한 조처였던 것이다.

나는 와이어에 묶인 후로 단 한순간도 편할 수 없었다. 답답하고 고통스러운 나날의 연속이었다. 더욱 암담한 것은 와이어가 끊어지지 않는 한, 나이 많은 소나무가 살아 있는 한 이 같은 굴레에서 영원히 벗어날 수 없을 것이라는 사실이었다. 시간이 갈수록 몸은 패이고 속은 타들어갈 것이고, 치료는 받기 어려울 것이었다. 눈에 보이지 않는 상처는 누구도 관심을 기울이지 않기 때문이다.

그 후 나이 많은 소나무는 나에 의지해 쓰러질 위험에서 벗어났다. 다행이라고 해야 할까? 하지만 나는 인정하고 싶지 않았다. 매일같이 그를 봐

앞이 전혀 보이지 않을 때는 눈을 감고

숨고르기를 하는 것이 최선일 수 있다.

야 하는 상황이 불편하고 싫었다. 내가 당하는 고통의 줄을 붙잡고 살아가는 상대를 마주해야 하는 것처럼 불행한 일이 또 있을까? 괴롭고 힘들었던 나는 아무것도 하고 싶지 않았고 아무도 보고 싶지 않았다. 아니 그럴 수 없었다.

얼마 후 내 안에 변화가 찾아왔다. 매일같이 나이 많은 소나무를 마주하고 있어서인지 연민의 정이 생긴 것이다. 나는 그동안 그를 원망하기만 했다. 내가 원해서 와이어에 묶인 것이 아닌 것처럼 그가 와이어에 묶인 것도 스스로 원한 것이 아니라는 생각은 미처 하지 못하고 그의 존재를 탓하기만 했다. 그를 위해 나만 희생당하는 줄 알았지 그의 입장에서 생각해보지 않은 것이다. 사실 우리는 둘 다 원치 않는 상황에 놓여 있을 뿐이었다. 생각이 여기에 미치자 그에 대한 마음이 달라졌다.

어느 정도 시간이 흘러 문득 이런 생각도 들었다. 내게 찾아온 마음의 평화는 현실을 받아들이고 포기할 것을 포기한 결과가 아닐까? 생각해보면 때로는 포기가 답일 수 있다. 거부하거나 통제할 수 없는 현실은그대로 인정하고 수용하는 편이 낫다. 그에 맞서거나 피하려고 발버둥칠수록 고통만 더 심해질 수 있다. 늪에 빠졌을 때 허우적거리면 더 깊이 빠져든다.

칠흑 같은 밤에 앞이 전혀 보이지 않을 때는 잠시 눈을 감고 멈춰 서서 숨고르기를 하는 것이 최선일 수 있다. 그러다 보면 어느 순간 앞이 보이기 시작하고, 길이 나타나고, 전쟁 같았던 마음에 평화가 찾아온다. 지금 내가 그 소나무를 대하게 된 것처럼 말이다.

은행나무

• 고향: 중국 • 부모: 은행나무 • 학명: *Ginkgo biloba* L.
• 소속: 갈잎큰키나무 • 나이: 700살 • 별명: 압각수, 백과, 공손수 • 명예: 천연기념물 제175호
• 사는 곳: 경북 안동시 길안면 용계리 744

도움에 의지해 산다는 것

누군가에 의지해 살다 보면 마음에 빚이 쌓인다. 그런 빚이 없는 삶은 얼마나 홀가분하고 좋을까?

나는 700여 년을 살았지만 지금도 빚을 지고 있다. 주변의 도움을 받으며 살고 있어서다. 그리 이상하거나 비난받을 일은 아니라고 할 수 있지만, 나를 이런 상황에 처하게 만든 과정에는 분명 문제가 있다.

나는 30여 년 전 그날의 악몽을 잊을 수 없다. 그날의 악몽으로 물은 내게 두려움의 대상이 되었다. 지금도 꿈을 꿀 때 물속에서 허우적거리는 나를 본다.

나의 악몽은 임하댐 착공과 함께 시작되었다. 댐 건설로 주변이 온통 물에 잠긴다는 소식을 듣고는 밤마다 물에서 허우적거리는 악몽에 시달렸다. 그때부터 댐이 완공되어 현재의 위치에 자리를 잡기까지 편하게 잠을 이룬 적이 없었다.

원래 내가 살던 곳은 용계국민학교였다. 학교는 살기에 아주 좋은 곳이었다. 마음대로 가지를 뻗을 수 있었고 나를 힘들게 하는 존재도 없었다. 아이들과 함께하는 시간도 즐거웠다. 운동회 같은 행사가 열리면 나의 그늘 아래에서 깔깔거리며 마음껏 뛰놀고 맛있는 음식을 먹으며 기뻐하는 아이들의 모습에서 새삼 존재의 의미를 일깨우기도 했다. 아이들은 내게 아무것도 요구하지 않았고 나 또한 아이들에게 바라는 것이 없었다. 우리는 그렇게 각자의 역할에 충실할 뿐이었지만, 서로에게 힘이 되고 의지가 되어주었다. 하지만 행운과도 같았던 그 시절은 댐에 막혀 허망하게 끝나고 말았다.

학교와 함께 수몰될 위기에 처한 나를 구해준 것은 나의 특별한 이력이었다. 1966년 1월 천연기념물 제175호로 지정받은 것이다. 700살에 가까운 나이에 키 37m, 둘레 14m로 지구상에서도 보기 드문 거구로 세간의 주목을 받으면서 천연기념물로 지정받았다. 만약 그때 나의 가치를 인정받지 못했다면 십중팔구 살아남지 못했을 것이다.

나는 대한민국의 은행나무들 중에서 경기도 양평군 용문사에 살고 있는 47m짜리 은행나무 다음으로 키가 크다. 그런 만큼 나를 옮기는 작업은 순탄치 않았고, 세상이 떠들썩할 정도로 화제가 되었다. 엄청난 비용과 시간이 소요되었기 때문이다. 장소를 선정하는 문제도 쉽지 않았다. 무엇보다 댐에 물이 가득 들어차도 지장이 없는 곳이어야 했고, 가능하면 이동 거리가 짧아야 했다. 사람들은 수없이 많은 연구와 토론을 거쳐 결국 상식(上植, 올려 심기)하기로 결정했다. 공중부양하듯 나를 위로 들어올려 아래에 흙을 쌓아가는 방식으로 공사를 진행하기로 한 것이다.

나는 그런 사람들을 보면서 걱정과 불안에 떨어야 했다. 지금까지 한 번도 해보지 않은 일이라서 성공을 장담할 수 없었기 때문이다. 그런데 천만다행으로 무사히 살아남았다. 몇 년에 걸친 공사 끝에 15m의 인공 산이 만들어졌고, 나는 그 산에 안착했다. 23억여 원의 투자와 기술자들의 노고가 빛을 본 것이다. 여기에 추가로 나와 육지를 연결하는 다리도 놓아졌다. 덩그러니 홀로 남은 나를 위한 특별한 조치였다.

한 나무를 살리기 위한 대장정이 성공적으로 끝나고 나는 세상의 뜨거운 조명을 받았다. 그만큼 이례적인 일이었던 것이다. 나를 옮긴 회사 또한 자신들의 성공 기술을 세상에 알리려는 노력 끝에 세계 기네스북에 이름을 올리는 영광을 안았고, 나도 덩달아 세계인의 주목을 받았다.

나의 삶은 용계국민학교 시절과 임하댐에서의 시기로 나눌 수 있다. 나는 이곳에서 맞은 첫날 밤, 만감이 교차하는 가운데 지난날을 천천히 돌아보았다. 가장 먼저 생각난 사람은 송암 탁순창이었다. 조선 선조 때 훈련대장을 역임한 그는 임진왜란이 끝난 후 마을 사람들과 은행계를 만들어 나를 극진히 대해주었다. 그의 후손들도 조상의 뜻을 잊지 않고 내 삶에 절망의 상태에서 벗어나는 길은 무엇일까?

운명에 맡기는 걸까, 아니면 누군가에게 도움을 요청하는 것일까?

든든한 버팀목이 되어주었다. 그러나 이곳으로 옮겨지고 나서는 처지가 달라졌다. 초기에는 감당할 수 없을 정도로 많은 관심과 환대를 받았지만, 시간이 지나면서 보살피는 이도, 찾는 이도 별로 없었다. 교통도 불편하지만 노쇠한 나를 굳이 보러 오지 않는 것이다. 지금 나의 삶은 요양원의 노인 신세보다 못하다. 가끔 문화재청 사람들이 찾아오긴 하지만 잠시 머물렀다 갈 뿐이다.

밤은 나를 더 힘들게 한다. 칠흑 같은 어둠 속에서 바람과 짐승의 울음소리만 들린다. 적막강산에 홀로 남겨진 자의 암담한 심경은 말로 표현할 수가 없다. 나를 더욱 울적하게 만드는 것은 이 상황이 바뀌지 않을 거라는 점이다. 그러나 이대로 살 수는 없다. 나는 절망적인 외로움을 달랠 방법을 찾아야 했다. 그러던 중 뱀이 내게로 왔다.

뱀이 내 안에서 살기 시작한 것은 이곳으로 온 지 3년 정도 지났을 때였다. 내 몸은 이미 줄기의 반 이상이 썩고 소실되어 내부가 텅 빈 상태였다. 어디서 나타났는지 커다란 뱀 하나가 비어 있는 부분으로 미끄러져 들어왔다. 순간 나는 몸을 도둑맞은 듯한 서늘한 느낌에 몸서리를 쳤다. 그때를 생각하면 지금도 소름이 돋는다. 그러나 움직이지 못하는 내가 어찌할 방도는 없었다. 다짜고짜 들어오는 상대를 거부할 수 없었고 받아들이는 수밖에 없었다.

그렇게 시작된 뱀과의 동거도 꽤 오랜 시간이 지났다. 이미 익숙해진 상태이지만 뱀이 들고날 때는 종종 놀라기도 한다. 그래도 한 생명체와 더불어 산다는 것에 감사하며 지내고 있다. 뱀은 내 안으로 들어온 후 고통을 준 적이 없었고, 나 또한 누군가를 위한 안식처가 된다는 것에 어떤 숭고함마저 느끼게 되었다.

그렇게 둘이 생활하던 어느 날, 뱀을 놀라게 하는 일이 벌어졌다. 모 방송국에서 나를 촬영하다가 뱀을 찍은 것이다. 생전 처음 보는 카메라의 불빛과 사람들 소리에 놀란 뱀은 두려움에 몸을 꼬며 어쩔 줄 몰라 했지만, 다행히 도망가지도 잡혀가지도 않았다. 나는 아무런 일도 일어나지 않은 것에 안도했고, 나와 뱀의 동거는 아직 현재진행형이다.

오래 살다 보면 참 많은 일들을 겪는다. 그중에서 내가 겪은 가장 큰 사건은 단연코 임하댐 건설이었다. 700년이 넘는 긴 세월을 살아오면서 그보다 큰 시련도 없었던 것 같다. 그야말로 내게는 절망이 쓰나미처럼 밀려오는 듯했다. 이 절망의 상태에서 벗어나는 길은 무엇일까? 운명에 맡기는 걸까, 아니면 누군가에게 도움을 요청하는 것일까? 곰곰이 생각했지만 방법은 하나밖에 없었다. 바로 나 자신을 믿는 것이다. 어떤 상황에서도 흔들리지 않는 자신에 대한 믿음. 그것은 현실을 받아들이되 나를 잃지 않겠다는 마음가짐이다. 그렇게 나를 철저히 믿기로 작정하고 나니 내 안의 불안도 점점 사라져갔다. 믿음이 불안을 밀어낸 것이다.

불안에서 벗어나려고 다른 존재에 기대려 들면 오히려 문제는 해결되지 않고 자신만 혼란스러워질 수 있다. 문제는 그 누가 아닌 나만 해결할 수 있고, 그 출발점은 철저히 자신을 믿는 것이다.

암꽃. 잎 옆의 긴 돌기 모양

수꽃

수명을 다하는 날이 언제일지 알 수 없지만, 살아 있는 동안에는 즐겁게 살고 싶다. 찾아오는 이가 없어 외로워도, 언젠가 갑자기 죽음의 그림자가 드리워도 두려워하지 않을 것이다. 죽음조차 삶의 연장으로 받아들이는 여유를 가질 것이다.

소나무

• 고향: 한국 • 부모: 소나무 • 학명: *Pinus densiflora* Siebold & Zucc.

• 소속: 늘푸른큰키나무 • 나이: 400살 • 별명: 금강송, 춘양목, 적송 • 명예: 천연기념물 제289호

• 사는 곳: 경남 합천군 묘산면 화양리 835 나곡마을

남편 잃은 슬픔에 찾아온 위안

짝을 잃은 이는 하늘이 내린 수명을 다하지 못한다. 떠난 짝을 마음에 담고 사는 상처가 크기 때문이다. 나는 400년을 살면서 수없이 많은 일들을 겪었지만, 남편을 잃었을 때 가장 슬프고 힘들었다. 동료들의 위로도, 천연기념물로 지정받은 기쁨도 남편 잃은 슬픔을 달래주지 못했다.

나는 마을 아래의 밭 근처에 살고 있다. 동네 사람들은 나를 '할매소나무'라고 부른다. 내 모습이 치마를 입은 할머니를 닮았기 때문이다.

나는 소나무 동호인들이 대한민국에서 최고로 꼽는 소나무다. 아름다운 자태가 사람들도 부러워할 만하다며 추켜세운다. 하지만 그들이 나의 내면을 들여다본다면 다른 생각이 들지도 모른다.

1970년대는 송충이가 창궐한 시기였다. 나도 이 시기에 송충이의 습격을 받았고, 시골의 학생들은 걸핏하면 동원되어 송충이를 잡으러 산으로 가야 했다. 솔잎을 갉아 먹는 송충이에게서 소나무들을 구하려는 것이었다. 그러한 사람들의 노고 덕분에 나는 생명을 잃지 않고 살아남을 수 있었다. 그러나 나의 남편은 끝내 송충이의 공격을 견뎌내지 못하고 삶을 마감하고 말았다.

남편은 마을 뒷산에서 한참 더 들어가야 나오는 깊숙한 숲에서 살았다. 그가 세상을 등지고 나서는 그전과 달리 사람들의 발걸음이 거의 끊기다시피 했다. 어쩌다 남편의 모습을 본 사람은 하나같이 놀란다. 죽어서도 꼿꼿한 자태를 유지하고 있기 때문이다. 마치 도력이 높은 스님이 선 채로 열반에 든 것 같은 모습에 저절로 숙연해진다.

남편의 꼿꼿함은 누구보다도 강한 정신력에서 오는 것이지만, 옆에서 살고 있는 층층나무의 눈물겨운 헌신 덕분이기도 하다. 층층나무는 자신의 몸에 기대고 있는 남편을 한결같이 부축하고 있다. 혈연관계도 아닌 데다 죽은 몸은 산 몸보다 훨씬 무거운 법인데 자신의 분신인 양 꼭 품어주고 있다. 부모조차도 감당하기 힘든 눈물겨운 헌신에 무한한 경의를 표하고 싶다. 동네 사람들에게도 감사드린다. 죽은 남편을 위해 제사를 지내주고, 제사에 쓰려고 근처에 밤나무까지 심었다. 그들의 정성이 한없이 고마울 따름이다. 살아서나 죽어서나 그들의 은혜를 꼭 갚고 싶다.

동네 사람들은 남편에게 제사를 올린 후 나를 찾아와 건강 상태를 살핀

다. 자신들이 신목(神木)으로 떠받드는 나의 몸에 이상은 없는지 친절한 의사가 환자를 대하듯 세심히 확인한다.

나는 이미 줄기 하나가 완전히 말라버렸다. 하늘이 보이지 않을 정도로 무성했던 잎들도 사라져버리고 휑하니 마른 가지들만 붙어 있다. 사람들은 성치 않은 모습에 점점 나빠지는 건강을 염려하고 걱정한다.

갈수록 잃는 것이 많아지는 내가 아직도 버리지 못한 두려움이 있다. 한겨울의 맹추위다. 인적이 드문 두메산골의 겨울은 상상 이상으로 춥다. 그래도 나는 추위를 잘 견디는 편이지만, 내려 쌓이는 눈에는 내 가슴도 철렁 내려앉는다. 눈의 무게에 가지가 꺾이지나 않을까 노심초사한다. 이미 눈 때문에 적지 않은 가지를 잃었다.

눈의 무게만큼 나를 힘들게 하는 것이 세월의 무게다. 그것을 이길 수 없어 하나둘 세상을 떠나는 이들을 보면 마음이 슬프고 무거워진다. 얼마 남지 않은 동네 노인들도 앞서 가신 분들의 뒤를 따라갈 것이다. 거동이 불편한 그분들은 나처럼 추운 겨울을 싫어한다. 길이 미끄러워 다니기가 힘들어지고 자신의 몸 하나 건사하기도 쉽지 않다 보니 나를 보러 오기를 어려워한다. 간혹 부모를 찾아오는 자식들도 있고 천연기념물을 관리하는 문화재청도 있지만, 동네 어른들이 내게 베푼 관심을 보일 만한 여력이 그들에게는 없다.

두렵고 쓸쓸한 내 삶에 위안이 있다면 곁에서 살고 있는 자식이다. 아직 70살에 불과한 어린 자식이지만 늙은 나에게 큰 힘이다.

자식이 이곳에 사는 것은 사실 나의 바람도, 자식의 뜻도 아니었다. 나는 자식이 독립해서 살기를 바랐다. 그런데 어쩌다 보니 같이 살고 있다. 돌이켜 생각해보면 송충이들의 공격을 받고 있었던 때가 시작이었던 것 같다. 내가 송충이들의 공격에서 겨우 벗어나 한숨을 돌린 후 주변을 살펴보니 자식이 뿌리를 내리고 있었다. 무슨 까닭인지 멀리 날아가지 못한 것이다. 어쩌면 좋을까? 나는 몇 날 며칠을 고민했지만 뾰족한 방법이 없었고, 결국 주어진 현실을 그대로 수용하기로 했다. 아무리 자식이라지만 부모 맘대로 해서도 안 되고, 딱히 다른 방법이 있는 것도 아니었다. 세상에 태어난 생명체는 어떻게든 살 권리가 있고, 그 권리는 누구도 침해할 수 없다.

같이 살면서 문제가 생겼다. 자꾸만 자식에게 의존하려는 마음이 생기는 것이다. 나이 탓일까? 나는 나의 이런 마음이 당황스럽고 불편했다. 하지만 나는 자식이 나의 미래를 책임질 수 없다는 사실을 잘 안다. 내가 결국 기댈 수 있는 곳은 나 자신밖에 없고, 그러므로 내 마음을 스스로 다스리는 수밖에 없다. 내 마음대로 할 수 없는 것이 많고 앞으로는 더 그렇겠지만 내가 할 수 있는 것에 집중하려고 한다.

두려움도 의타심도 스스로 다스리지 않으면 더 커진다. 나는 내가 할 수 있는 일만 생각하고 그것에 최선을 다하려고 한다. 줄 수 있는 도움을 찾아보고, 한 줄기의 햇살과 바람에도 감사하고 기도하며 하루하루 기쁨으로 살려고 노력한다. 그렇게 오늘의 순간을 소중히 여기고 아직 오지 않은 내일을 겸허히 맞이하려 한다.

느티나무

• 고향: 한국 • 부모: 느릅나무 • 학명: *Zelkova serrata* (Thunb.) Makino
• 소속: 갈잎큰키나무 • 나이: 800살 • 명예: 천연기념물 제382호
• 사는 곳: 충북 괴산군 장연면 오가리 321 우령마을

내가 오래도록 살아올 수 있었던 이유

그리움은 가슴을 설레게 한다. 누군가를 그리워하며 기다리는 시간은 삶에 의미와 활력을 불어넣어준다.

800살인 나는 대한민국의 느티나무들 중에서 가장 나이가 많다. 이렇게 오래 살 수 있었던 것은 그리운 누군가가 있었기 때문이다. 그리움의 힘이다. 그리움을 간직한 사람은 비록 삶이 어려워도, 몸이 아파도 굳건히 버티며 살아간다. 자식을 키우고 기다리는 부모처럼 말이다.

나는 이제까지 그리움과 기다림으로 살아왔다. 오랜 세월을 그렇게 살다 보니 언젠가부터는 그것을 즐긴다. 그리움은 가슴속 깊이 간직하고 있는 사랑이다. 그리움이 깊을수록 사랑도 깊어진다. 가슴속에 그리움이 가득하면 사랑의 충만함으로 매 순간 힘을 내서 살 수 있다. 기나긴 기다림에도 쉽게 지치지 않으며, 기다리는 그가 언제 올지 몰라도 조급증을 내지 않고 시간에 구속됨이 없이 담담히 기다린다.

나는 한 해를 마무리할 때쯤이면 정월 대보름이 기다려진다. 나를 수호신으로 생각하는 마을 사람들이 내게 인사를 올리는 날이기 때문이다. 그런 대접을 받는 것이 과분하다는 생각도 들지만 기분은 좋다. 누군가에게 존경을 받는다는 것은 내가 생각하는 삶의 의미를 다른 차원에서 확인시켜주는 고귀한 일이다.

사람들은 나의 밑동 근처에 큰 돌을 마련해놓고 그 위에 각종 음식을 차린다. 제사를 주관하는 사람은 해마다 다르다. 마을에서 가장 중요하게 여기는 선정 조건은 집안에 우환이 없어야 한다는 것이다. 우환이 있으면 부정을 탈 수 있기 때문이다. 나름 엄격한 절차를 거쳐 선정된 주관자는 필요한 물건들을 준비하는 동안 외부 출입이나 만남을 극도로 삼가고 대화도 거의 나누지 않는다. 혹시 모를 부정에 대비하는 것이다.

행사를 며칠 앞두고는 주관자를 돕는 사람이 내 몸에 새끼줄을 두른다. 이유는 마을 사람들이 바라는 것을 새끼줄에 꽂을 수 있게 하려는 것이다. 새끼줄을 묶고 나면 깨끗한 황토를 주변에 뿌린다. 악한 기운이 들어오지 못하게 막는 일종의 주술 같은 의식이다. 붉은색을 꺼리는 악한 기운의 특성에 따라 황토를 쓰는 것이다. 이렇게 해서 수호신을 지켜야 마을과 자신들도 보호받을 수 있다고 믿는 것이다.

제사가 끝나면 마을 사람들은 차린 음식을 나눠 먹으며 덕담을 주고받는다. 그런 다음 각자의 소원을 담아 새끼줄에 꽂는다. 어떤 사람은 솔잎을,

어디에 사느냐가 어떻게 사는가에 지대한 영향을 미친다.

어떤 사람은 고추를 꽂는다. 물건은 대부분 주변에서 구할 수 있는 것들이다. 사람들은 물건을 꽂으며 그 안에 자신이 바라는 것을 담아 성취를 빈다.

나는 수호신이지만 사람들에게 특별히 해줄 수 있는 게 없다. 그냥 그들의 비원을 들어주기만 할 뿐 그것이 이루어지게 하지는 못한다. 그래도 사람들은 한 해도 거르지 않고 내게 정성껏 제사를 올리고, 나는 그에 감사하며 그들이 소망하는 모든 일이 성취되기를 빌어준다. 서로에게 감사하며 안녕을 기원하는 이 마을의 오랜 전통이 묵직하고 따뜻한 감동을 전한다.

나는 우령마을이 생길 때부터 줄곧 이곳에서 살았다. 마을의 어느 어른이 산으로 둘러싸인 아늑한 곳에 나를 살게 해주었다. 좋은 자리를 잡는 행운 덕에 지금까지 잘 살아올 수 있었다. 어디에 사느냐가 어떻게 사는가에 지대한 영향을 미친다.

사람들은 예로부터 '복거(卜居)'를 중시했다. 점을 쳐서 살 만한 곳을 정하는 것이다. 또한 풍수지리(風水地理)를 믿었다. 풍수는 바람을 막고 물을 얻는 장풍득수(藏風得水)의 줄임말이고, 뒤로 산을 등지고 앞에 물이 흐르는 배산임수(背山臨水)의 위치를 최고의 집터로 꼽았다. 내가 속한 우령마을 역시 풍수지리적으로 뛰어난 위치에 있다. 산 좋고, 물 좋고, 땅 좋고, 곡식 잘되고, 인심 좋다는 의미에서 오가리(五佳里)로 불린다.

내가 이 마을에 살기 시작한 지 500년쯤 지났을 무렵 산자락의 밭에 까마득한 후배가 들어왔다. 그와 나는 마을을 대표하는 나무가 되었고, 사람들은 위쪽에 사는 그를 상괴목(上槐木), 아래쪽에 사는 나를 하괴목(下槐木)

이라 부르며 귀하게 대접했다.

800년을 살아오면서 가장 기억에 남고 보람 있었던 일은 내가 속한 행정구역의 이름을 짓는 데 기여한 사실이다. 괴산군(槐山郡)의 괴(槐)가 바로 나(느티나무)를 가리키는 한자다. 대한민국에서 나무의 이름을 따서 지은 지명은 여기 괴산군밖에 없다. 그만큼 나의 후손과 후배가 많이 살고 있다. 얼마나 뿌듯한지 모른다.

전국 곳곳에서 나를 보려고 찾아오는 사람도 꽤 많다. 어떤 경우에는 수십 명이 한꺼번에 찾아오기도 한다. 마을 사람들은 물론 그런 사람들 덕분에 외롭지 않아서 좋고, 안전하게 지낼 수 있어 감사하다.

나는 살 만큼 살았지만 여전히 꽃을 피우고 많은 열매를 맺는다. 잎이 돋을 즈음 거의 동시에 꽃을 피운다. 그러나 알아차리는 사람은 드물다. 쉽게 볼 수 있을 정도로 꽃이 아주 많은데도 황록색의 꽃에 눈길을 주지 않는다. 열매를 보는 사람은 더욱 적다. 꽃이 진 자리에 맺히는 열매는 돋아난 잎에 가려 보기가 어렵다. 납작한 공을 닮은 딱딱한 열매는 그 안에 씨앗을 소중히 품고 있다.

내가 열매를 많이 맺는 이유는 단지 자손을 남기기 위한 것이 아니라 다른 생명체들에게 제공하기 위해서다. 지난 생을 돌아보니 나 자신을 위해 살면서 자손도 남길 만큼 남긴 것 같다. 더 늦기 전에 그동안 받은 사랑과 관심을 되돌려주고 싶다. 내가 가진 유무형의 것들을 나누고 베풀어 나를 비우고 홀가분하게 떠나고 싶다.

그루 29

팽나무

- 고향: 중국
- 부모: 느릅나무
- 학명: *Celtis sinensis* Pers.
- 소속: 갈잎큰키나무
- 나이: 500살
- 사는 곳: 전남 나주시 금성관길 13-8

내 삶의 은인들에게
남기고 싶은 말

1980년 어느 날 밤, 나는 벼락을 맞았다. 500년을 살아오면서 온갖 크고 작은 고통과 시련을 겪었지만 그때처럼 참담했던 적은 없었다. 말 그대로 '마른하늘에 날벼락'을 맞아 멀쩡한 몸이 순식간에 두 쪽으로 갈라져버렸다.

벼락을 맞는 순간 정신을 잃은 나는 구사일생으로 깨어나긴 했지만, 다행이라고 생각할 새도 없이 밀려드는 통증에 어찌할 바를 몰랐다. 어떤 고통을 당해도 그때마다 나름의 방법을 찾아 이겨낸 나였지만, 처음 맞은 벼락의 고통에는 넋을 잃고 말았다.

그러고 나서 얼마 후 불현듯 이대로 있다간 그냥 죽을 수도 있겠다는 생각이 들었다. 애써 정신을 차린 나는 맨 먼저 뿌리부터 살폈다. 그런 대로 상태가 괜찮아 안도했지만, 또 어떻게 될지 모른다는 불안한 마음에 뿌리를 단단하게 만들기 시작했다. 생명의 근원인 뿌리가 흔들리면 결국 죽는다.

나는 어느 이름 모를 새가 열매를 먹고 똥을 싸준 덕에 여기서 태어날 수 있었다. 인적이 아주 드문 곳이어서 비교적 무탈하게 성장한 편이지만, 긴 세월은 생의 탄탄대로를 허락하지 않았다. 관청이 들어서기 전의 허허벌판 시절에는 걸핏하면 발생하는 장마가 나를 괴롭혔고, 어느 해인가는 범람한 영산강이 목숨을 앗아가려고도 했다. 거센 바람과 굵은 비는 가지를 가차없이 꺾어버렸고 뿌리마저 마구 흔들어놓았다. 사실 이러한 자연재해로 인한 시련은 수도 없이 많이 겪었지만 그날의 벼락은 난생 처음 겪는 혹독한 사건이었다.

달빛이 훤히 비치던 밤, 한숨이 절로 나와 눈을 감으니 벼락을 맞기 전의 줄기 모습과 함께 500년의 세월이 주마등처럼 지나갔다. 본래 나의 줄기는 매끈하고 탄력이 있었다. 그랬는데 나이를 먹으면서 점차 검은색으로 변했고, 비바람을 맞으며 세월의 무게를 견디느라 점차 거칠고 딱딱해졌다. 껍질이 벗겨지면서 그 사이로 개미를 비롯한 벌레들이 너도나도 침범해 들어왔고, 힘이 빠진 나는 더 이상 크고 두터운 잎을 만들지 못했다.

왜 하필 나였을까? 내가 맞은 벼락은 하늘이 내린 벌일까, 아니면 어이없는 신의 실수였을까?

이런저런 생각에 그날 밤은 달이 서쪽으로 기울 때까지 한숨도 자지 못하고 뒤척였다. 새벽이 밝아올 무렵, 나는 '그냥 살아남은 것에 감사하자'는 결론을 내렸다.

《서경(書經)》〈태갑중편(太甲中篇)〉에 이런 말이 나온다.

"하늘이 내린 재앙은 오히려 피할 수 있지만, 스스로 만든 재앙은 피할 수 없다(天作孽猶可違, 自作孽不可逭)."

닥친 재앙을 원망하고 고통에 굴복하여 시름에 빠져 사는 것이 곧 스스로 만드는 재앙이다. 나는 그런 죽음의 길을 가고 싶지 않았다.

내 이름은 팽나무다. 열매를 대나무 통에 넣어 총처럼 쏘면 튕겨나가면서 팽 하고 소리를 낸다고 하여 사람들이 그런 이름을 붙였다. 다시 말해서 내 이름은 사람들이 열매를 갖고 놀다가 튀어나온 것이다.

내가 온갖 시련을 넘어 장수할 수 있었던 것은 터를 잘 잡았기 때문이다. 바로 조선시대 관리들이 기거하는 관사 옆에 자리를 잡아 관리들의 특별대우를 받을 수 있었다. 특히 조선시대에 나주 목사를 지낸 유석증과 김성일은 자신의 몸처럼 나를 돌보고 아껴주었다. 나주의 최고책임자였던 두 사람은 매일 아침 일어나자마자 내게 와서 안부를 묻고, 밤새 상한 곳은 없는지 정성스레 살펴주었다. 마을 사람들도 큰 관심과 애정을 쏟아주었고, 그러한 사랑은 나를 수호신으로 삼으면서 마을의 오랜 전통으로 계승되었다.

내가 마을의 수호신이 될 수 있었던 것은 사람들의 생활에 일종의 나침반 같은 역할을 했기 때문이다. 농촌에서는 절기의 변화를 정확히 파악해야 농사를 잘 지을 수 있다. 당시에는 기후를 미리 알 수 있는 도구나 방법이 따로 없었고, 나무를 통해 기후의 변화를 예측했다. 나무의 상태를 잘

관찰하면 미래의 날씨를 내다볼 수 있다. 팽나무인 나는 그해에 물이 넉넉하면 잎을 많이 만들고, 부족하면 띄엄띄엄 만든다. 사람들은 내가 만드는 잎의 상태를 보고 농작물의 종류와 파종 시기를 준비했고, 그렇게 해서 나를 신령스러운 존재로 떠받들었다.

두 목사의 보살핌을 받는 동안 내가 절실히 깨달은 것이 있다. 누구와 함께 사느냐가 삶의 방향에 지대한 영향을 미친다는 사실이다. 공간이나 환경은 내 맘대로 택하기가 어렵거나 불가능하지만, 누구랑 어떤 관계를 맺고 이어갈 것인지는 나의 노력 여하에 따라 얼마든지 바꿀 수 있다. 나는 누구보다 열심히 노력하며 성실히 살았다고 자부한다. 대충대충 살았다면 두 분의 목사와 마을 사람들에게 그 같은 큰 사랑을 받지 못했을 것이고, 좋은 관계를 유지하지도 못했을 것이다.

나는 운이 좋은 나무다. 벼락을 맞고도 살아났을 뿐 아니라 평생에 걸쳐 많은 도움을 받았다. 그중에는 앞에서 말한 사람들뿐만 아니라 주변의 나무들도 있었다.

내가 천재지변을 당했을 때 제일 먼저 위로해준 이는 바로 옆에 있는 가래나뭇과의 갈잎큰키나무인 호두나무다. 그는 40살의 어린 나무이지만, 금학헌(琴鶴軒) 앞마당에 살면서 많은 사람의 사랑을 받았다. 생김새가 좋고 사람들에게 고소한 열매를 제공하기 때문이다. 호두나무는 내가 벼락을 맞는 순간 크게 놀란 와중에도 괜찮으냐며 나의 상태부터 걱정해주었고, 내가 뿌리를 단단하게 만들기 위해 안간힘을 쓰고 있을 때에도 성심을 다해 응원해주었다. 그 덕분에 나는 힘을 얻고 용기를 내어 참기 힘든 고통을 이겨낼 수 있었다. 호두나무는 나이도 어리고 이곳에 온 지도 얼마 되지 않았지만 그 누구보다 든든한 나의 친구가 되어주었다. 나는 그를 보면서 마음의 씀씀이는 나이와 상관없다는 것을 새삼 느꼈다.

호두나무와 더불어 내게 듬직한 동반자가 되어준 나무는 금학헌 바로 옆에 위치한 나주향교 대성전 앞에 있는 500살의 은행나무 2그루다. 우리는 오랜 세월을 동고동락하며 마치 친형제처럼 서로에게 든든한 버팀목이 되어 함께 살아왔다. 그들은 내가 벼락을 맞아 죽을 만큼 힘들었을 때에도 내 마음을 뭉클하게 했다.

"친구야, 사랑해~."

나의 고통에 진심으로 공감하며 진정을 담아 건넨 그 말에 나는 가슴이 뜨거워졌고 다시 일어설 힘을 얻었다.

사랑한다는 말에는 마법이 깃들어 있다. 삶의 의미를 일깨우고 말로 표현할 수 없는 위안과 행복을 준다. 힘든 시간을 보내고 있을 때에는 더 강한 울림으로 다가와 새로운 희망과 의지를 북돋아준다. 지금도 그 말은 내 마음 깊은 곳에 남아 따스한 빛을 발하고 있다.

향교 대성전의 뒤편 강당인 명륜당의 앞마당 끝에 살고 있는 주목과의 늘푸른큰키나무인 비자나무도 고마운 존재다. 이 나무 역시 나와 같은 500살이다. 그는 내가 벼락을 맞았을 때 간절한 기도로 무사하기를 간구했다. 나의 아픔을 자신의 아픔으로 여겨 마음을 다해 신에게 빌어준 그가 너무

닥친 재앙을 원망하고 고통에 굴복하여

시름에 빠져 사는 것이 곧 스스로 만드는 재앙이다.

나는 그런 죽음의 길을 가고 싶지 않았다.

고마워 눈물이 났다.

금학헌에서 조금 떨어진 나주목 금성관 뒤편에 사는 650살의 은행나무 2그루도 나의 은인이다. 든든한 형님으로 의지하며 일이 있을 때마다 조언을 구하고 도움을 받았다. 이번에도 두 형님은 "동생, 힘내. 우리가 도와줄게"라며 아낌없는 격려와 응원을 보냈다.

금학헌을 관리하는 사람들도 나를 구하기 위해 최선을 다했다. 그들은 벼락 맞은 나를 보고는 한동안 망연자실한 상태로 있더니 이내 분주히 움직이기 시작했다. 갈라지고 파인 부분을 메우고 사슬로 묶는 외과수술을 시행했다. 수술에 사용한 치료약은 나주에서 많이 생산되는 황토였다. 그 덕에 처참한 몰골을 수습하고 원래의 상태를 어느 정도 회복할 수 있었다. 가지는 몇 개 잃었지만 벼락 맞은 당시와 비교하면 상태가 아주 양호한 편이다.

나는 이처럼 따뜻한 친구들과 좋은 이웃들 덕분에 고통과 상처를 이겨낼 수 있었다. 상처는 때를 놓치면 돌이킬 수 없는 지경에 이른다. 그래서 최대한 빨리 치료해야 한다. 이럴 때 누군가의 위로와 도움은 최고의 치료제요 회복제다. 나를 살게 해준 그들에게 깊이 감사드린다.

내가 주변의 도움으로 어느 정도 건강을 회복하자 소식을 듣고 많은 사람들이 찾아왔다. 그들은 신기한 듯 바라보다가 대견하다는 듯 나의 몸을 쓰다듬는다. 어떤 날은 나를 보려고 줄을 서기도 한다. 그들의 행동은 한편으로 벼락을 맞고 살아난 나무를 만지면 좋은 일이 생긴다는 믿음에서 나온 것이기도 하다. 사람들은 자신을 대신해 내가 벼락을 맞았다고 생각하면서 자신에게 불행이 닥치지 않기를 소망한다. 나는 그들의 믿음을 탓하기보다 이해한다. 오히려 나를 보고 누군가 위안을 얻고 희망을 품을 수 있다면 그 또한 좋은 일이라고 생각한다.

음나무

• 고향: 한국 • 부모: 두릅나뭇과 • 학명: *Kalopanax septemlobus* (Thunb.) Koidz.
• 소속: 갈잎큰키나무 • 나이: 700살 • 명예: 천연기념물 제164호
• 사는 곳: 경남 창원시 의창구 동읍 신방리 산652

벼랑 끝에서
깨달은 것들

나는 숫자 64를 좋아한다. 내게 큰 명예를 안겨준 숫자이기 때문이다. 나는 1964년 1월 31일 천연기념물 제164호가 되었다. 700살의 나이를 감안하면 늦은 감이 있지만, 대한민국에서 나이 많은 나무에 관심을 기울여 의미를 부여하기 시작한 시점이 1962년 즈음이니 많이 늦은 것은 아니다.

내가 700년을 살 수 있었던 것은 부모로부터 좋은 유전자를 이어받았기 때문이다. 그중에서도 최고의 요인은 '가시'다. 나는 어릴 때부터 강한 가시를 몸에 지니고 자란다. 그래서 사람들이 나를 '엄나무'로 부르기도 한다. 날카롭게 생긴 가시가 엄하게 보인다고 해서 그런 이름이 붙었다는 설이 널리 퍼져 있으나, 학문적으로는 호랑이나 멧돼지의 '엄니'처럼 생긴 데서 나온 이름이라는 설이 설득력을 얻는다.

바늘처럼 뾰족하고 밑부분이 조금 붉은 가시는 서로 어긋나 있다. 이는 잎을 보호하기 위한 것이다. 나는 가시와 가시 사이에서 잎을 만든다. 그 모습이 엄마 품에 안긴 아이처럼 보인다. 수줍은 듯 고개 숙인 잎은 아주 귀여운 생김새로 가시 사이에 안전하게 자리하고 있다. 하지만 사람들 눈에 띄면 안전하지 못하다. 두릅나무의 잎과 아주 흡사한 어린잎을 따서 식용으로 쓰기 때문이다.

잎을 따는 사람보다 더 두려운 것은 줄기를 잘라가는 사람이다. 아예 나를 집 근처에 심어놓고 수시로 가지를 잘라 닭백숙에 넣어 먹는 사람도 있다. 나의 가지가 고기 맛을 좋게 하고 영양가를 높여준다고 알고 있어서이기도 하지만, 가지의 가시가 음식에 서린 좋지 않은 기운을 없애준다는 믿음 때문이기도 하다. 해가 바뀔 때 나의 가지를 잘라 문이나 기둥에 걸어두는 이유도 마찬가지다. 가시가 집 안으로 들어오는 사악한 기운을 막아준다는 것이다. 내 몸을 보호하기 위해 만든 가시가 오히려 인간을 보호하는 가시가 되어 나를 위험에 빠뜨린다.

나는 가지가 잘리고 나면 며칠 동안 몸살을 앓는다. 그러다가 얼마간 시간이 지나 통증이 가라앉으면 다시 가지를 만들기 시작한다. 자신들의 입맛과 건강을 위해 나를 훼손하는 사람들이 원망스럽지만 원망만 하며 살 수는 없는 노릇이다. 나는 나의 삶을 살아야 한다. 사람들을 탓하며 살기보다 내가 그들에게 보탬이 될 수 있다면 그 또한 좋은 일이 아니겠는가 생각하며 살기로 했다. 다만 그들에게 바라는 것이 있다면 상처가 잘 아물

수 있게 배려해주었으면 하는 것이다.

다른 나무들도 그렇지만 가지를 자를 때는 줄기에 가깝게 잘라야 한다. 줄기를 상하지 않게 하는 범위 내에서 최대한 가까이 잘라야 상처를 치유하는 데 걸리는 시간을 줄일 수 있고 부작용도 방지할 수 있다. 간격을 두고 자르면 그 부위가 부패되어 줄기까지 썩어 들어갈 수 있으니 편리만 생각지 말고 나의 생태에 대해서도 생각해주면 좋겠다.

간혹 나를 오동나무로 착각하는 사람들이 있다. 그래서 '가시가 있는 오동나무'라는 의미로 자동(刺桐)이라고도 부른다. 나의 잎은 5~6개 정도로 갈라진다. 갈라지지 않는 오동나무 잎과 다르지만 멀리서 보면 비슷하기에 그렇게 부르는 것이다. 한편으로 보면 그만큼 오동나무가 흔하다고 할 수 있지만, 사람들은 이처럼 자신과 친숙한 것에 비추어 다른 것들을 하나

로 묶어 규정해버리곤 한다.

나와 많이 닮은 나무는 두릅나뭇과의 늘푸른떨기나무인 팔손이다. 팔손이는 잎이 8갈래로 갈라져 있어 자세히 보지 않으면 나와 혼동할 수 있다. 꽃 모양도 비슷하다. 우산살처럼 긴 꽃대를 가진 꽃은 부채처럼 펼쳐져 있고, 호 불면 민들레처럼 하늘 높이 날아갈 것만 같다. 꽃이 지면 꽃처럼 생긴 열매가 주렁주렁 달린다.

한 가지 밝힐 것이 있다. 얼마 전까지만 해도 나는 일본의 나카이 다케노신(中井猛之進, 1882~1952)이 붙인 학명(*Kalopanax ricinifolius var. typicus* Nakai)을 따랐다. 그러나 현재는 잘 사용하지 않는다. 국제적으로 널리 사용되는 학명(*Kalopanax septemlobus* (Thunb.) Koidz.)은 고이즈미 겐이치(小泉源一, 1883~1953)가 붙인 것이다. 그는 일본 식물분류학의 기초를 세운 주인공이다. 재미있는 사실은 나카이와 고이즈미 두 사람이 도쿄대의 같은 스승에게서 배운 동기라는 점이다. 그들의 스승은 마츠무라 진조(松村任三, 1856~1928)다. 일본 근대 식물원의 시초인 고이시카와식물원의 초대 원장을 지냈고, 150종 이상의 식물에 학명을 붙인 사람이다. 일본 식물학의 아버지로 불리는 마키노 도모타로(牧野富太郎, 1862~1957)도 그의 제자였다. 고이즈미와 나카이는 나의 속명(*Kalopanax*)에 대해서는 같은 견해를 보였지만, 종소명(*septemlobus* vs *typicus*)에 대한 생각은 달랐다. 같은 나무를 서로 다른 시각에서 바라본 것이다. 고이즈미가 나의 잎이 7개로 갈라진다고 단정한 것에 비해 나카이는 반드시 7개로 갈라지는 게 아니라 나무에 따라 5~7개로 갈라진다고 보았다.

나는 해마다 꽃과 잎, 열매를 만들면서 야트막한 언덕에서 살아왔다. 그런데 세상이 변하면서 나의 삶에도 변화가 찾아왔다. 도시가 커지고 도로를 확장하는 과정에서 삶의 터전이 잘려나가 벼랑 끝에 위태롭게 서 있는 꼴이 되었다. 비가 많이 내려 언덕이 소실되기라도 하면 아래의 도로로 고꾸라져 뿌리를 훤히 드러낸 채 목숨을 잃고 말 것이다. 그래서 나는 죽을힘을 다해 뿌리를 산 쪽으로 뻗었고, 기울어진 몸을 보고 측은히 여긴 사람들이 쇠막대기로 받쳐주어 웬만한 바람에는 버틸 수 있는 상태가 되었다.

나는 본래 여섯 친구와 함께 살았었다. 그러다가 조건이 좋지 않은 곳에서 살던 두 친구가 먼저 세상을 떠나고 말았다. 우리는 끝까지 살아남기 위해 노력했지만, 위기에 직면한 친구들을 도울 수 없었다. 그저 죽어가는 그들을 안타깝게 바라보기만 해야 했던 그때의 심정은 이루 말할 수 없이 착잡하고 고통스러웠다.

우리는 살아남은 자들의 슬픔을 가슴에 안고 또다시 사투를 벌여야 했다. 언제 어떤 위험이 닥칠지 알 수 없기 때문이다. 갑자기 위험이 닥치면 어떻게 될까? 아마도 우리는 그때에도 서로의 손을 잡아주지 못할 것이다. 벼랑 끝에 서 있기 때문이다. 나는 친구들의 죽음과 한 치 앞을 내다볼 수 없는 냉혹한 현실 속에서 한 가지 깨달은 것이 있다. 혼자서는 결코 행복할 수 없고 숲을 이루어 더불어 살아야 비로소 행복할 수 있다는 사실이다. 벼랑이 아닌 너른 대지에서 나와 친구들이, 다른 나무들이 큰 숲을 이루어 서로의 손을 마주 잡고 산다면 얼마나 좋을까?

회화나무

• 고향: 일본 • 부모: 콩 • 학명: *Styphnolobium japonicum* L.
• 소속: 갈잎큰키나무 • 나이: 300살
• 사는 곳: 경남 창녕군 고암면 고암성산대로 6-5 고암초등학교

상처 덩어리의
상처보다 큰 기쁨과 소망

1980년대까지만 해도 한국의 초등학교에는 소나뭇과의 늘푸른큰키나무인 개잎갈나무, 버즘나뭇과의 갈잎큰키나무인 양버즘나무, 버드나뭇과의 갈잎큰키나무인 이태리포플러 등이 살고 있었다. 지금도 농어촌의 초등학교에 가면 이 같은 나무들을 쉽게 만날 수 있다. 그런데 최근 들어 이 나무들이 수난을 당하고 있다. 학교에서 기존의 나무들을 베어버리고 꽃이 화려한 왕벚나무나 이팝나무를 심고 있어서다. 그런데 나는 300년간이나 이 자리를 굳건히 지키고 있다.

내가 오랫동안 목숨을 부지할 수 있었던 것은 조선시대 양반들의 덕이 크다. 그들은 자신의 삶과 동일시할 정도로 나를 좋아했다. 집 안이나 주변은 물론 자신들이 즐겨 가는 곳마다 나를 심어놓고 삶의 동반자로 삼았다.

양반들이 나를 좋아하게 된 것은 중국의 영향을 받은 것이다. 중국은 주나라 때부터 나를 특별히 대우했다. 당시에는 천자를 만나려면 나무 아래에서 기다려야 했다. 신분에 따라 나무가 달랐다. 그중에서 회화나무는 천자 다음으로 신분이 높은 삼공(三公)이 기다리는 나무였다. 삼공은 제후들 중에서도 가장 높은 자리인 태사(太師), 태부(太傅), 태보(太保)를 가리킨다. 창덕궁에 있는 천연기념물 회화나무처럼 조선시대의 궁궐에서 살고 있는 회화나무들도 이 같은 주나라의 예를 따른 것이다. 나는 그렇게 대대로 양반들의 나무로 추앙받았다.

양반들이 나를 좋아하는 또 하나의 이유는 사(士)의 무덤에 나를 심었기 때문이다. 신분사회인 주나라에서는 천자의 무덤에는 소나무를, 제후의 무덤에는 측백나무를, 사의 무덤에는 회화나무를, 백성의 무덤에는 버드나무를 심도록 했다. 혈연으로 이루어진 주나라는 천자의 자식이 제후이고, 제후의 자식이 사이고, 사의 자식이 백성이었다. 천자와 제후와 사가 지배자였고, 백성은 피지배자였다. 당시에 사는 전사(戰士)를 의미했지만 이후에는 선비를 뜻하는 단어로 사용되었고, 그래서 사람들은 나를 학자수(學者樹)로 불렀다. 양반들은 이처럼 자신의 삶과 연관된 곳곳에 나를 심고 앞날이 번창하길 기원했다.

내가 있는 이곳은 초등학교 운동장이지만, 학교가 생기기 100년 전쯤에는 어느 양반집의 바깥마당이었다. 본래 나와 함께 2그루의 회화나무가 더 있었다. 주인이 주나라의 관례에 따라 3그루를 심었다. 두 나무는 100살

무렵에 불어닥친 태풍에 쓰러져 생을 마감했다. 내가 용하게 생존할 수 있었던 것은 북쪽에 위치해서 태풍의 직접적 피해를 입은 그들과 달리 나는 남쪽에서 담을 마주하고 있어 간접적 영향만 받았기 때문이다.

내 삶에는 태풍 같은 자연재해 외에 여러 위기가 있었다. 양반들이 좋아한다는 이유만으로 피해갈 수 없는 것들이었다. 그 가운데서도 가장 큰 위기는 일본 제국주의가 대한제국을 강탈했을 때였다. 일제는 이 땅을 지배하는 동안 사람들뿐만 아니라 나무들도 억압하고 탄압했다. 나는 그들에게 죽임을 당할까 봐 매번 가슴을 졸여야 했고, 언제 어떻게 될지 알 수 없는 불안과 공포 속에서 36년간 지옥 같은 시간을 보내야 했다.

나는 지금도 일제강점기에 살아남을 수 있었던 이유를 잘 모른다. 해방이 되어 마음의 안정과 여유를 찾은 다음에도 곰곰이 생각해보았지만 알 수 없기는 마찬가지였다. 다만 한 가지 짐작되는 것이 있다면 내가 한국이 아닌 일본 태생이라는 사실이다.

일본에는 회화나무가 전국에 널리 분포되어 있다. 전국시대부터 장군들이 자신이 살고 있는 집 주변에 회화나무를 즐겨 심은 결과다. 그들은 중국의 성리학자들처럼 회화나무가 좋은 일을 가져다준다고 믿었고, 정사를 논할 때에도 회화나무 아래에서 모임을 가졌다. 일본의 차 관련 문헌인 《괴기(槐記)》에도 이 같은 사실이 잘 드러나 있다. 《괴기》의 원래 이름은《괴하여문(槐下與聞)》이다. 회화나무 아래에서 함께 듣는다는 뜻이다. 부하들이 장군의 말을 듣고 받아 적은 곳이 회화나무 아래였던 것이다.

나는 현재 몸에 성한 곳이 거의 없다. 줄기 속은 거의 텅 비어 있다시피 하고, 상처 많은 가지는 점점 메말라가고 있다. 나이가 많은 탓도 있지만 실은 유전적 요인도 있다. 팔팔하게 젊은 시절부터 상처를 달고 살았으니 말이다. 중국 사람들은 이 같은 나의 모습을 빗대어 '괴(槐)'라고 칭했다. 나무 목(木)과 귀신 귀(鬼)가 합쳐진 괴(槐)는 '상처 덩어리'를 의미한다. 그런데 한국에서는 나를 느릅나뭇과의 갈잎큰키나무인 느티나무로 오인하기도 한다.

어쨌거나 나는 느티나무와 인연이 있는 모양이다. 바로 옆에 느티나무 2그루가 살고 있는 것만 봐도 그렇다. 두 나무는 학교가 지어지고 나서 나와 함께 살기 시작했다. 나이는 100살이 채 안 되지만 성장이 빨라 몸집이 나보다 크고, 가지도 무성하여 매우 건장한 모습이다. 생명력 넘치는 그들 덕분에 나도 활기를 느끼며 살고 있다.

나는 이 지역의 보호수로 지정되어 정기적으로 건강검진과 치료를 받는다. 감사한 일이다. 하지만 아쉬운 점이 있다. 나를 위한다면서 나의 의사와 무관하게 상처 부위를 멋대로 땜질하는 것이 그렇다. 고인 빗물에 몸이 부패되지 않게 하려는 의도인 줄 알지만, 큰 도움이 되지 않는다. 땜질을 한다고 해서 상처가 낫는 것도 아닐뿐더러 오히려 신진대사를 막아 떨어진 몸의 기능을 더 약화시킨다.

세상에 영원히 사는 존재는 없다. 수명이 다하면 누구나 죽음을 맞는다. 어떤 생명체도 거부할 수 없는 자연의 섭리다. 그 이치를 따라 내게 주어진 시간을 살다가 고이 죽음을 맞고 싶다.

요즘 내게 새로운 낙(樂)이 생겼다. 내 몸에 둥지를 튼 음나무를 바라보는 것이다. 몇 년 전에 까치 한 마리가 떨어져나간 땜질 자리에 똥을 싸고 날아갔다. 그리고 얼마 후 신기한 일이 벌어졌다. '변'을 당한 그 자리에서 생명이 움트기 시작한 것이다. 처음에는 그 정체가 무엇인지 잘 몰랐다. 나중에 보니 음나무가 싹을 틔운 것이었다.

나는 작고 여린 그 싹이 반갑고 사랑스러웠다. 내가 직접 낳은 것은 아니지만, 내 안에 자리한 새 생명이 더없이 소중하고 귀한 선물처럼 여겨졌다. 왠지 그 어린 것이 나쁜 기운에서 나를 지켜주기 위해 나타난 것도 같아 든든한 느낌마저 드는 것이었다.

생명의 탄생은 늘 신비하고 경이롭다. 꺼져가는 생명 안에서 태어나는 새로운 생명은 더욱 벅찬 감동을 선사한다. 나는 매일 음나무가 자라가는 모습을 지켜보며 마치 내가 다시 태어난 것 같은 기쁨과 감사의 마음으로 살고 있다.

이제는 새로운 소망으로 살 수 있을 것 같다. 내 안의 모든 상처를 내려놓고, 행복의 천사를 위해 내게 남은 사랑을 아낌없이 주고 싶다. 어린 생명의 보금자리가 되어 그가 건강하고 아름다운 꽃과 열매를 맺을 수 있도록 돕고 싶다. 생명은 그렇게 생명으로 이어질 것이다.

이제는 내 안의 모든 상처를 내려놓고

내게 남은 사랑을 아낌없이 주고 싶다.

나가며

위대한 일상의 뿌리

상처 없는 삶은 존재하지 않는다. 그래서 삶은 곧 상처를 치유하는 과정이기도 하다.

이 글을 쓰고 있는 지금, 세상은 온통 코로나19로 몸살을 앓고 있다. 사상 초유의 전 지구적 바이러스 위기에 빠져 사람들은 마스크를 쓴 채 서로에게 경계심을 드러내고, 거리의 상점들은 문을 닫아걸고, 항공기들이 쉴 새 없이 오가던 하늘은 봉쇄되어 국경의 장막을 치고 있다. 언제 끝날지 모르는 고통의 터널에 모든 일상이 뿌리째 흔들리면서 상처는 깊어만 간다. 언젠가는 끝나겠지만, 이 고통은 길고 긴 상처의 후유증을 남길 것이다.

사람들은 잘 모르지만 나무들도 상처를 입는다. 겉으로 보이는 상처도 있고, 보이지 않는 내면의 상처도 있다. 나무들이 그러한 상처를 치유하는 힘은 뿌리에서 나온다. 뿌리만 튼튼하면 어떤 상처도 극복할 수 있다. 나무가 오랜 세월에도 살아남을 수 있는 까닭이다.

사람도 다르지 않다. 인류에게 닥치는 모든 위기는 궁극적으로 뿌리가 튼튼하지 못한 결과라고 할 수 있다. 나무는 평소에 뿌리를 단단히 하는 데 집중하고, 상처가 생기면 치유에 모든 에너지를 쏟아붓는다. 인간은 그렇지 않다. 당장의 이해관계에 매몰되어 기초를 다지는 데 힘쓰지 않는다. 절체절명의 위기 앞에서도 지혜를 모으지 않고 시기와 반목으로 날을 새우곤 한다.

자연과 인간, 세상의 모든 근본은 뿌리에 있다. 그런데도 우리는 종종 그것을 잊고 산다. 당면한 위기가 그 뿌리를 송두리째 흔들어놓을 때가 돼서야 잊었던 뿌리에 관심을 보이지만 그것도 잠시뿐, 위기가 지나가면 다시 예전의 모습으로 돌아간다. 나무를 대할 때도 꽃과 열매만 탐할 뿐 뿌리는 돌보지 않는다. 나무 없이는 인간도 존재할 수 없다는 사실을 알면서도 망각한 채 살아간다.

근본으로 돌아가야 한다. 겉모습에 빼앗긴 눈을 뿌리로 돌려 우리의 본질을 기억하고 충실하게 만들어야 한다. 그래야 어떤 위기와 상처가 닥쳐도 버티고 이겨내어 건강한 일상을 회복할 수 있다.

코로나19가 창궐한 요즘에도 나무는 뿌리에서 길어 올린 영양분으로 꽃을 피우고 새순을 돋운다. 돌아온 계절의 순리에 맞추어 자신의 일상을 담담히 살아간다. 세상은 아직 겨울을 벗지 못했지만, 뒷산의 진달래는 그렇게 진분홍의 꽃을 피운다. 스스로를 지키면서 다른 생명을 살리는 자연의 치유자, 나무의 삶은 이렇게 아름답고 위대하다.

밖으로 나가봐야겠다. 세상의 나무들이 들려줄 이야기가 궁금해 귀가 쫑긋해진다.

참고문헌

강판권, 역사와 문화로 읽는 나무사전, 글항아리, 2010
김태욱, 한국의 수목, 교학사, 2002
윤주목, 나무 쉽게 찾기, 진선출판사, 2018
이충구 외 역주, 이아주소(1~6), 소명출판, 2004

孫耀良 外 編著, 花卉詩歌鑑賞辭典, 漢語大詞典出版社, 2004
宋伯仁, 梅花喜神譜, 中華書局, 1985
柳僖, 物名考, 대제각, 1988
吳其濬, 植物名實圖考(上下), 世界書局, 1963
吳其濬, 植物名實圖考長編(上下), 世界書局, 1963
吳普, 神農本草經, 中華書局, 1985
李石, 續博物志, 中華書局, 1985
段成式, 酉陽雜俎, 中華書局, 1985
王圻 · 王思義, 三才圖會(續修四庫全書本), 上海古籍出版社, 2002
王灝, 廣群芳譜, 商務印書館, 1980
李時珍, 本草綱目, 人民衛生出版社, 1982
張功甫, 梅品, 中華書局, 1985
張孝岳, 梅與梅文化, 中國農業出版社, 2005
中井猛之進, 朝鮮森林植物編(1~9), 國書刊行會, 1976
陳淏子, 花鏡(續修四庫全書本), 上海古籍出版社, 2002
陳大章, 詩傳名物集覽(1~4), 中華書局, 1985
許愼 撰, 段玉裁 注, 說文解字注, 上海古籍出版社, 1981

위대한 치유자, 나무의 일생

초판 1쇄 발행 | 2020년 5월 29일

지은이 | 강판권
펴낸이 | 박상두
편집 | 이현숙
디자인 | 여혜영
제작 | 박홍준
마케팅 | 박현지

펴낸곳 | 두앤북
주소 | 04554 서울시 중구 충무로 7-1, 506호
등록 | 제2018-000033호
전화 | 02-2273-3660
팩스 | 02-6488-9898
이메일 | whatiwant100@naver.com

값 | 15,000원
ISBN | 979-11-90255-06-6 03810

이 도서의 국립중앙도서관 출판예정도서목록(CIP)은 서지정보유통지원시스템 홈페이지(http://seoji.nl.go.kr)와 국가자료종합목록 구축시스템(http://kolis-net.nl.go.kr)에서 이용하실 수 있습니다.(CIP제어번호 : CIP2020019394)